五年内外

石一枫

——

著

四川人民出版社

图书在版编目（CIP）数据

五年内外 / 石一枫著. —— 成都：四川人民出版社，2025. 1. —— ISBN 978－7－220－13967－3

Ⅰ. I247. 7

中国国家版本馆 CIP 数据核字第 20249WF858 号

WUNIAN NEIWAI

五年内外

石一枫　著

责任编辑	程　川　唐　婧
责任校对	申婷婷
封面设计	张　科
内文设计	张迪茗
责任印制	祝　健

出版发行	四川人民出版社（成都三色路 238 号）
网　　址	http：//www. scpph. com
E-mail	scrmcbs@sina. com
新浪微博	@四川人民出版社
微信公众号	四川人民出版社
发行部业务电话	（028）86361653　86361656
防盗版举报电话	（028）86361653
照　　排	四川胜翔数码印务设计有限公司
印　　刷	成都国图广告印务有限公司
成品尺寸	143mm×210mm
印　　张	8. 25
字　　数	130 千
版　　次	2025 年 1 月第 1 版
印　　次	2025 年 1 月第 1 次印刷
书　　号	ISBN 978－7－220－13967－3
定　　价	48. 00 元

五 年 内 外

目 录
CONTENTS

001　　放声大哭

025　　合 奏

055　　老 人

081　　请我吃盘猪头肉

117　　三个男人

153　　乌龟咬老鼠

197　　五年内外

「放声大哭」

昔我往矣，年方六岁，肥白可人，天生聪慧。我躺在乌木大床上，嘴上噙着一支香烟，这样向李小青开头。一九九九年十月的下午光线明媚，天气温和，窗外人丁稀少。这种时节非常适于回忆往事。李小青侧卧榻上，表情饶有兴致，眼神迷离恍惚地托腮而听。我没有戴眼镜，但这并不妨碍我的目光从袅袅轻烟里破壳而出，逆光穿行，上溯十五年前。这是李小青向我要求的。我的这个女朋友经常心血来潮，产生负罪感，加之最近没有经血来潮，被恐惧感折磨，她抠着我的肩膀说：你给我讲一个故事。我随便想了一个，给她安神补脑。

对于我这个诗经体的开头，李小青心不在焉，强作会心一笑。我侧眼看了看她那跟刮了鳞的鱼一般的身体，继续讲述。当我第一次走进这个大院时，方圆数里飘荡着中气不足的军号录音，一些中年军人正在无所事事地在大道上走动。我的父亲那时刚刚穿上空军的蓝色裤子，对我母亲得色四溢地指点一幢暗红色正方体建筑，我们将在那幢楼房的西北角一隅安家落户。我则在凝神观察传达室旁一畦小葱，它们中间有一只被丢弃的破烂电视箱子。当他们用初来乍到的客气口吻在楼门口与人攀谈之时，我独自一人走向那丛有气无力的小葱，爬到纸板箱子里面，手握边缘，策马驰骋。李小青也被这个回忆击中，告诉我说，她就是那时第一次见到我。那天上午这个小姑娘身穿皱边连衣裙，脚踏小红皮鞋，看到我正在念念有词，自我陶醉，表情投入，遨游葱海，忽然一声暴喝，看门的胡大爷当时还没有患上老年痴呆症，手持一只报纸夹子冲将出来，声称要用它夹住我的生殖器，令我不能撒尿，膀胱爆炸。他一鸣，我大骇，弃甲曳兵，八字小脚，踉跄逃跑，眨眼工夫，不知所终。

我当时没有注意到这个皮白肉嫩的小姑娘，更没有预见到她在十五年后将和我一同为怀孕的可能性困扰。也许我当初真的被胡老头夹上，也未尝不是一件幸事。

我被吓得屁滚尿流，所能做的只有忘情奔跑。数以百计的白杨树从我眼前川流而过，我不知道拐了几个弯，穿插了几条小路，老头子的肥胖秃头早已经不见踪影。我满嘴臭气地停下来，发现自己面临着更可怕的困境：这个大院的每条道路都一模一样，无数暗红色长方体楼房不分你我，傍肩站着，我已经找不到自己家门了。

我用了一个暗喻，我说：我能够做的只有茫然行走，既惶恐失措又了无牵挂，时至今日，这种行走还没有结束。李小青让我不要来这套。实际情况是：我不知道走了多长时间，心情却越走越轻松，到后来就忘了自己干吗来了，拾得一根竹棒，将其幻想成为宝剑，在草坪上以一棵刚刚栽上的小树为假想敌，进行厮杀。可见我那时候就是个没头脑，时至今日，还是没头脑，这倒是真的。李小青同意。

接下来的事，就是一位阿姨制止了少年堂吉诃德，并在他一生中第一次教会他纯粹用感情来放声大哭，此事将使他铭记终生。那位阿姨，身穿军装，相貌如何，早已淡忘。她被阳光推到我这里来，弯下腰，用手摸了摸我的大脑壳。我停止砍伐，眯眼侧头看她，由于逆光，一片模糊。这张暧昧不清的女性脸孔对我说：

不要再砍小树了，你怎么能砍小树呢？

我不答话，继续钻研她的面容，但是徒劳无功，反而被太阳在我眼前灼出一片光斑。

她继续教诲我说：如果你是小树，你愿不愿意被人家砍呢？

我仍然表示沉默，呆看着她，但是手上又砍了两下。

她用和颜悦色的嗓音说：阿姨要生气了。

她夸张地直起身，做拂袖而去状，继而又掉转回来，牵起我的手说：到阿姨家里去吧，阿姨有金鱼。

我轻而易举地被缴了械，这个阿姨把竹棒丢到一边，牵着我的手，和我在林荫大道上行走。走了一会儿，她对我说：你不用走得太快，这样容易摔跤。然后她也放慢了脚步，她的高跟鞋轻松地在地上甩来甩去，甚至带有某种表演的味道。我听到她和另外一些军人打招呼，有一个嬉皮笑脸的四川人问她：这是谁的娃？她响亮地说：我的。我正在致力于拨云见日，看清她的脸，因而忘记纠正她。但是直到我们走进一幢宿舍楼，我都没有看清楚。在爬楼梯的时候，终于没有了阳光，但是她走在我前面，我只能观察她的臀部，我还不具备这个意识，没有多看。

我们蜿蜒而上，在某个平台上止步。她打开一扇门，一股家具、食物、人体混杂的气味扑面而来。我简直是被这股气味牵着，毫不认生，愣头愣脑地跑了进去。这位环保阿姨住在一套两居室里面，屋里的家具非常多，颜色暗淡，而且物品放置杂乱，使得屋子显得狭小暖和。我刚一进去就和某件家具发生了关系：脑袋磕在一张圆桌的边上。我头部受创，转过脸来看了她一下，声音顺着门外的光线向我涌来：

疼么？

我把她丢在身后，径直进了里屋。她关上门，把我们孤男寡女和外界彻底隔绝，然后把高跟鞋扔到门边。我站在屋里，看到墙上挂着一柄巨大的扇子，我可以躺在上面，扇子上面画了一个脸谱，色彩斑斓。她把一只手从我耳朵后面伸过来，声音随即而到：

你吃糖吧。

我像一个乡下无赖一样嚼着一块板状花生糖，大摇大摆地来到床边，一屁股坐上去，她用手指把我的视线拨到床头柜上：

你看，这就是金鱼。

我臀部一拱，蹦到地上，撅着屁股端详金鱼。这是一只眼睛非常大的红色金鱼，体态肥胖，神情倨傲，两鳍在小皮球一样的躯干底下，显得极其纤小。金鱼摇摇晃晃地和我对视，成拱状，一瘪一瘪，显然智商不高。与此同时，这个阿姨也蹲下来，脑袋就在我的肩膀旁边悬浮，几绺卷曲的头发令我耳朵瘙痒。她的声音与这个两手即能捧住的扁圆鱼缸发生了某种共振，我能看见金鱼正在微微颤抖：

你看，我没有骗你吧。

我高深莫测地眯着眼睛，点了点头，并不扭过去看她，目光依然锁定那只呆傻的金鱼。金鱼在我的凝视之下，表情不改矜持，甚至隐有居高临下的得意之色，大家风范啊。

你看，金鱼好玩么？

我受到启示，伸出手去捅那只金鱼的嘴巴，手指敲击在玻璃之上，当当有声。我看到我手指所及之处，不仅是金鱼的嘴巴，更是这个阿姨的影像的嘴巴，金鱼在玻璃上清楚明白，阿姨却完全扭曲，变成了一只类似于南瓜的脸孔，他们同时对我开口：

我都带你来玩了，你也不对我说句话。

于是我满足他们：

阿姨您好。

金鱼您好。

阿姨格格笑了起来，我从鱼缸上浅浅的光辉中看到她站起身来，由于鱼缸的形状，她的腹部无比硕大，仿佛即将临盆。我此时想起，自己仍然没有看清她的脸庞，她把我带到此处，邀请我观赏金鱼，但是她很有可能对我只是一个陌生人，甚至只是一团记忆的蒙蒙大雾里的依稀人影。我抬起头来，向她肩膀上部看去，但是发现自己又在逆光而视。光线仿佛和这个女人存有默契，一如既往地掩护她。我希望换个角度会有所改观，于是蹲下来，用大便的姿势来观察她，但是无济于事。她脸上的光泽反而显现出一种釉制品的效果，如同被一层外壳遮住，在纤毫毕现的阳光里，成为小小的黑洞。对李小青讲述到这里的时候，我忽然怀疑，这个面部的黑洞，究竟是正当斯时视觉的障碍造成的呢，还是我记忆力的黑洞？是不是由于我记不起来她的模样，所以在追述往事之时为自己搪塞，认定我始终没有看清她呢？

李小青表示，她愿意帮我溯本清源，回忆起这个阿姨究竟是何许人也。根据李小青的推断，她很可能就是办公室的张干事，也就是现在长有三个下巴，其间能夹住两根火腿肠的那位，我们在夏天的傍晚能够看见她穿着肥大的连衣裙，牵着一条京巴狗，两只知天命的乳房在晚风里放任自流地飘荡。这个女人一度被认为头脑有毛病，神神道道，而且据说作风很不正经，年轻时和很多人打得火热，甚至包括李小青的老红军爷爷——李小青申明，这纯系谣言。她爷爷一九五三年以后，就没有胡子了，应该是美军一个下流的狙击手所为。李小青说，这个女人非常适合干这样一件事：带着一个异性到她家里去看金鱼，尽管他只是一个六岁男童。

对于李小青的好意，我只能心领。即使我感到疑惑，但是我所关心的并非一个人的真实身份，我年仅六岁的时候，就已经这样了。那位阿姨满心欢喜地笑着站起来，把身上的军装脱下来，露出一件黑色绵质高领衫。一瞬之间，我就不关心她的脸了，转而产生了明确的希望：就是跳到她的怀里，把我咚咚作响的脑袋埋到夹缝之中，此举能够使我永葆安宁。我也站起来，目光平视之处是她的小腹，略一仰头就能看见我向往的东西。我向她走过去，她却转过身，向我出示那对物品的侧面。她向客厅走过去，我也紧跟其后。没有了宽大的军装下摆，她的臀部造型向我尽现无遗，但是我决不情愿用它来聊作替代，我希望埋头躲藏的地方，已经在她身体的另一面。

但是她回过身来，用手拍了一下我的脑袋：

你先不要走，阿姨一会儿再来陪你玩。

我在她转身之际瞅准目标，张开双臂，雀跃着，像电视节目里的少年儿童一样欢欣鼓舞地扑过去，随即被一双手按在当地：

别急着走，自己和金鱼去玩一会儿吧。

然后我被推回屋里，摆放到金鱼对面。金鱼目睹了我未遂的企图，不置可否地向我张嘴闭嘴。阿姨再一次确定了我和金鱼的对视关系之后，转身出门去了。我能够做的，只有满腔失落，坐等时光流尽。客厅传来拍拍打打的声音，以及玻璃器皿被摆放的声音，时间就是这么敲锣打鼓地被欢送了。我与金鱼不同，没有被浸泡在水中，所以这些声音清晰刺耳，让我愤怒起来。此时金鱼已经和我相看两厌，掉转过去，用尾巴对我摇摆，如同用拂尘驱赶昆虫。我离开金鱼，转向屋里的其他物件。我拉开床头柜的门，发现一只线团，上面插着几根绣花针，于是把它们拔下来，捏在手里。

我巡视房间一周之后，决定因地制宜，用这些绣花针来做一些事情。我看见茶几上摆着一碟山楂糕，于是将一枚钢针插到其中一块中去，并仔细检查，确定没有露出头来，然后又将一枚插到沙发垫子里去。这样干完之后，我重新转向那只肥胖的金鱼。这位中年绅士并没有感到大祸临头，痴呆表情一如既往。金鱼在水里，我在鱼缸之外，我们相互冷眼旁观为时已久，均感到非常倦怠，现在我决定身体力行，消解掉这种看与被看的关系。我把手伸到鱼缸里面，接触到一抔胶状的水。冰凉的感觉使我微感不妥，但是它在其间轻松游弋，心态平静。水对于金鱼，相当于空气对于我，鱼缸相当于这个堆砌家具的房间，我们处在截然不同的境遇之中，所以能够身为局外人，不动声色地观察对方。这种关系即将结束，我邀请它到房间里来共同体验空气，并且一起对隔壁的那位阿姨表示落落寡欢的抗议。

　　我庄重地走到金鱼面前，用肚子顶住鱼缸，再次伸手进去，手被分为两个部分，冷暖不同，截然分明。我轻轻挠挠金鱼的肚皮，它非但没有反对，皮球一样的身躯安稳不动，甚至用两片纤小的腹鳍频繁摇晃，以示友好。得到许可之后，我温柔地把手从它身体底下抄过去，缓缓捞起这个肉墩墩的椭圆体。它可真是富态，摸起来好像充了气一样。在空气中它更显现出肥胖的本色了，在水里看来还略微苗条一些呢。金鱼一贯地表示顺从，只是在刚刚浮出水面之时由于温度的陡然变化而轻轻抽搐了一下，随后就羞怯地把脑袋钻进我的拇指与食指之间了，如此温顺贤良，无怨无悔，就好像我想象中把脑袋钻进阿姨的胸膛之间一样。不知何时，它的神情凭空多了一分妩媚温婉，任劳任怨，如同典型化的中国妇女。

客厅的电话铃响起来，充满金属质感的清脆声音使我骤然脚底发凉，从腰眼扩散出一个寒战，就像刚刚迎着寒风撒了一泡尿。我几乎将金鱼扔回到鱼缸里去，但是它用平和幽怨的眼神提醒我要处乱不惊。我紧缩肩胛骨，用尽力量稳住阵脚，静观其变。阿姨已经开始和一个不知远近的人对话，冷静轻柔，略带鼻腔地告诉他，现在他不方便来，她顿了一顿，应该是在咽下一口唾液，又说，家里有别人在。几秒钟后她又回答说，也不是什么重要的人，一个小孩子。对方一定表示了坚持，他们你推我挡，僵持了片刻，阿姨用一种顺水推舟的口气说：那你来吧。电话被撂下的时候，我不得不把握着金鱼的手放到鱼缸口上，一有风吹草动，立刻纵其入水。

阿姨的拖鞋在地板上拖泥带水地踢踏了一番，声音从外面扬过来：

金鱼好玩么？

在这种偷鸡摸狗的境况下，金鱼与我同样紧张，甚至比我还不如，它的身体已经全面地瑟瑟发抖，那团肥肉一定波澜滚滚。我此时已经横心干将下去，一种舍得一身剐的豪情在我心中早已热烈澎湃，无法熄灭，我轻轻为它搔着痒，侧着头瓮声瓮气地回答她：

真——好——玩。

那个声音宽慰地笑了，像一摊温水一样舒展开来：

那就好好和它玩吧。

李小青勉强笑着评论道，我真是一个胆大妄为的狂徒，这种资质在我年方六岁的时候就已初见端倪。由此也不难推想，我为何敢于在月黑风高之夜翻过围墙，爬上她家的独院小楼，敲开她卧室的窗户跳进去。那一次不负责任的冲动之举来得如此突然，全无准备，搞得大家都比较慌乱，造成了两个恶果：一是她爷爷出来捉贼之时不慎失足，坐到院里的一盘仙人掌上，致使痔疮崩裂，形同血崩；二是我在激情的驱动之下，居然忘记携带必要的工具，使她半个月以来对自己的身体疑神疑鬼，现在更是心神不宁，如临大祸。这姑娘越说越怒，情绪一转激昂。我心中愧疚，理亏词穷，赶紧顾左右而言他，打个哈哈，岔开她的话头，并匆忙继续讲述那天的事情，以防她愤恨难平，不依不饶，紧追不舍。

我不能确认阿姨正在干什么，更不能判断她会不会进来。时间已经全然凝成固态，甚至变成了琥珀一样的物品，将我困住。我被定在原地，四肢僵硬，动弹不得，在局势悬于一线之际，金鱼却不再害怕，表现出某种随遇而安的坦然心态，深切地鼓励了我。它已经克制住了颤抖，转为呼吸顺畅，体态舒缓。与此同时，我听见外面拖鞋重新响动，一扇门被拉开，木板扭捏呻吟两声，一阵窸窸窣窣，间有碰撞之后，松塌绵长的流水之声在一个封闭狭小的空间里瞬间溢满，涌了出来。现在我终于可以放心大胆，为所欲为了。我和金鱼曾经共渡难关，我感到与它休戚相关，命运相连，我在接着做以后的事情时，依然带着与它患难与共的亲密情感。我舒活筋骨，全身轻松以后把它举到眼前，首次与它在空气中对视，但是它离开水以后显然失去了挥洒自如的雍容风范，如今面带窘态，眼光呆滞，令我索然无味。我把这只满脸委屈的金鱼摊在手上，让它充分展现身体，然后用两个指头捏住它在水外形同虚设的鳃部，另一只手捡起一根绣花针，细致而准确地定位之后，缓缓从它一只凸出的大眼泡中央扎进去，入手平滑，毫不颤抖。金鱼的眼睛被刺破以后，淌出一小摊透明的液体，这也许是它最后一次施展哭泣的功能。一只眼睛被刺穿之后，我继续前进，潜心深入，不偏不斜，从另一侧的眼睛里刺了出来。刺透眼睛的景象，使我日后在挑破脚面水泡的时候总会情不自禁地万分感慨。钢针无疑将是金鱼此生目睹得最为真切的事物，因为它已经深入它的眼中，金鱼由外至内，全身心地端详，尽情体验。它的嘴巴忘情地开合有致，尾巴惬意地上下摆动，两鳍简直挥舞得兴高采烈，使我手心柔嫩之处隐隐发痒。它的这般小动作逗得我心急气躁，没有心思凝神静气地往下细致操作，我看了看这只两眼之间横穿一支利器的金鱼，发现它的嘴一直惊愕地凭空张着，于是拔出钢针，以一种撒手不管的心情把它再插到那张嘴的深处。

　　金鱼被放回水中之后，浑然不顾身体里多出了一根脊椎，一心投入地游动，借以找回往昔舒畅自如的感觉。它一边游着，两眼之中隐约渗出两条浅淡的红线，分布两侧，虽然细若纤毫，但是绵长不绝，在水中凝固不散，随波舞动，挥洒不绝。我甚至认为它正在用它们进行书写或者绘画，而两条崎岖辗转但大致并行的红线也确乎逐渐在鱼缸里织成了某种图案，萦绕水中，缓缓变化。金鱼一边在自己的作品中穿行，一边繁衍红线，使图形变得越发繁复，也愈发神妙莫测。我长时间地观看着金鱼在水中创作，不觉心驰神往，超然忘俗，只恨自己才疏学浅，不能将这种图案破解，领会其中深意。

一直到屋外的水声戛然而止，我的注意力才离开这位水中的艺术家。阿姨的声音再次登场，与之结伴而来的还有淡淡幽香，她再次问我她隐藏到水中之前的问题：

金鱼好玩么？

我由衷地说：

真——好——玩。

她向里屋走来，把她身上的人体幽香催动得越来越稠，即将在我眼前焕然一新。但与此同时，外屋大门被石破天惊地敲响，阿姨被迫放弃突破我们视觉的最后一道屏障，急促转身，拖鞋噼里啪啦欢快鼓掌，跑去打开大门。我随即听到她喘息，但是实则冷静地说：

别，不能。

一个声调柔和，几乎童稚未消的男子声音和皮鞋一起唐突闯入：

谁家的小孩呀。

阿姨对他说：

你来。

转瞬之后，他们一起在我面前现身。阿姨穿着宽大的浅绿浴袍，乌云披散，身体露在外面的每一个地方，脸，脖子，通向我向往之处的过渡地段，以及支撑全身的两段白藕，全都在熠熠发亮，她正在充满疼爱，无限柔情地对我微笑；她的身体挡住了那位男子的大半身体，但我仍然怀有戒心地看清了他的脸，稍微发黄，但还算清秀，上面挂着轻巧戏谑的表情。

这个小朋友，你是谁家的呀？那个年轻男人越过阿姨的肩膀，掠过她的头发时沾染了潮湿的气味，我对此人缺乏好感，故而轻蔑视之，没有理他。

这个男人自我解嘲：瞧这小孩。然后转向阿姨：

你这么喜欢小孩呀，是不是也想……

他正想表示暧昧的亲密，阿姨却走过来，坐到床上，把我揽在怀里，我终于遂心所愿地贴住那块福地，同时听到那里面的深处节奏鲜明地共振着：

真对不起你，我没有告诉你：这是我的孩子。

我登时看见那个男人的表情无端碎裂了，轻率之气变成了一些透明玻璃碴子，叮当坠地，剥荔枝壳一样现出一脸嫩白，吹弹得破：

你这是说什么——

阿姨重申道：

真对不起，我一直没有对你说，但是我的确有过一个孩子。她侧过脸来摸摸我的耳朵：

我以后必须和他一起过。孩子不能没有妈。

我良心发现，很想过去扶住那个男子，看样子他马上就将颓然倒地，并且身体里面的零件完全散架，支离破碎，无法再次拼装起来，但是我贪恋阿姨的胸膛，所以犹豫不决。还好他没有像我构想的那样稀松易碎，还能站稳，甚至有能力捶胸顿足，每言必称欺骗。这样我对他的同情心也转瞬即逝了，接下来，我几乎是大快人心地看着他拂袖而去了。

我又可以和阿姨独自对视了。她坦荡地绽开笑容，对我说道：

就是这样。然后再次把我搂在怀里。

我对李小青说：就是这样。就在此时此刻，我的心里鲜明地升起无限辛酸。我不知道我刚才干了什么，也不知道现在正在干什么。我隐隐觉察到，自我出世以来，乃至现在，一切人，事物，都是一团迷雾，在此情况之下，我甚至不得不怀疑我的真实身份，我的父母究竟是何许人也，如今理所当然养育我管教我的一对男女是否真的与我血肉相连，这位阿姨是否才是我真正的母亲，而我又凭借什么能够确认。这是我有生以来面对的最大的恐慌，站在十五年以后回想当初，我认为那个六岁男童即将触及一个石破天惊的问题："我"到底是怎么一个东西？这将是他进行的第一次本体论思考。不过当时我意识到的只是在这种情况下，我最需要做的实际上只有一件事，就是在阿姨让我心醉神迷的胸膛之间放声大哭，借以咏尽我在片刻之间认识到的巨大悲伤。在奔向哭泣的过程中，只需要一个节点，我立刻付之行动了：双手撑住阿姨的臂膀，看也不看，右腿像抽筋一样腾空一踹，摆在柜子上的鱼缸应声坠地，身后必然一片水花飞溅，空气与水正式交融，金鱼在两者之间无所适从，扭扭捏捏地弹上弹下，终将精疲力竭。在阿姨一声短促、慌张的尖叫里，我把脸咬定青山地深埋谷底，两手不自量力地握住两个稳固的支柱，拼命摇晃，并且手脚并用，企图把全身都挤进去，在那与世隔绝之处感慨身世悲哀。这是我有生以来第一次需要全力以赴、身心俱灭地放声大哭，可能也是我最后一次具备这种能力了。我的哭声有如滔滔江水，从两山之间一去东流，令我整副心肝尽碎，一切人间之事灰飞烟灭，皆成泡影。我的大哭恐怕将阿姨吓坏了，她不停地摸我亲我，对我说，摔了就摔了，没有关系，并不知为何地向我连连道歉。但是我激励自己说：抓紧时机，玩命地哭吧，以后再也不会有这样的机会了。

讲到此处，我的鼻子发酸。现在我和李小青趁她家没人，躺在她房里的乌木大床上，赤条条肆无忌惮地沐浴破窗而入的十月阳光。光线清晰，但是那位阿姨的面孔将永远模糊。也忘记我是如何重返父母身边的，我再见到他们时，他们已经气急败坏，咯咯乱叫，好像两只走错了门的鸡。倒是那个拥有谐谑笑容的男人我又见过一次，时隔不久，他作为我父亲的同事与我们在林荫大道上相逢，他见到我之后，再现了那天的惊愕表情，然后蓦地蹲下来抱住我，把脸贴住我的肩膀说：小军，叔叔被骗了。随即不顾我母亲在场，破口大骂女人的奸邪狡诈，恶毒心肠。

我又点燃一支香烟，对李小青说，我第一次来到这个大院的情况，就是这样。李小青还在试图运用她的聪明才智，推断出这件事情的前因后果，她明言，我当年少不更事，而且处于半痴呆状态，一定被这个女人利用了。我打断她，向她指出，我所关心的并不是这到底是一件什么事，它之下实际是什么事，甚或那个女人到底是出于什么心态；我所追忆的，只不过是我生平唯一一次真正的放声大哭。我怅惘地坐起来，后背靠到墙上，对她说，比起那一次，我之后就再也没有真正地哭泣过了。李小青同情地看着我，向我提议说：

你现在再来试一下吧。

我说：算了。

就试一下吧。我帮你。

我看到李小青跪起来，正面冲我，正在温情脉脉地怂恿。我迟疑片刻，便弯下身去，仔细回忆着当年的情形，把脸埋在她的胸间，双手握住借以抒情的支柱，玩命地鼓足力量，摇晃着，并且忘情叫喊，等待着第一声忘情大哭能够如期迸发。不知多久，我早已精疲力竭，心里清清楚楚，往事不可重现，何必刻舟求剑，但于心不甘，更加使劲地连撕带咬，李小青可能被弄疼了，她在我上方尖叫起来，同时拧住我的耳朵，把我甩到一边：

你干什么你。

我看着她低头检查伤处，颓然靠到墙上，曲项向天，心里明白，再次大哭，这都是白费力气，我已经没有这种能力了。

「合奏」

那房间在二楼，昏暗但却温暖。十来平方米的面积，只在朝北的方向开着一扇窗，窗子的左半边还蒙了块厚厚的塑料布，为的是封住漏风的缝隙。这就导致了原本不足的光线更加稀缺，当赵小提下午五点走进房间时，往往恍惚觉得夜晚已经来临了。摆在东边墙角的"星海"牌钢琴、钢琴上横卧的"山水"双卡录音机和靠门的那只实木五斗橱都笼罩在阴影里，就连窗下暖气片子旁立着的谱架也模糊不清，翻开的琴谱像被水泡过，黑乎乎的一团花。他需要拉一下塑料灯绳，引亮头顶那枚孤零零的四十瓦灯泡，才能看清屋里的景物。当然，也有天气格外好的时候——夕阳坠落得晚一些，将血红的光泽泼到水泥地面上。这时站在窗前，可以清晰地看见成群的鸽子响着哨音，掠过沉静得近乎忧愁的天空。那是 1996 年的北京的天空。

当时赵小提只有十七岁，但已经拥有两位数的琴龄了。刚开始是乐团担任小提琴手的母亲亲自教学，后来发现他资质过人，母亲便主动让贤，从家传改为遍访名师。带过他的老师有国家乐团的首席，也有声名显赫的音乐学院教授，而随着琴技精进，母亲对他的期望越来越高，对他的态度也就越发严苛起来。从上高二开始，她便说服学校免去了他的家庭作业，又专门租下了这个筒子楼里的房间给他充当琴房，每晚练琴三个小时。这儿是乐团年轻职工的集体宿舍，那些人自己也要吹拉弹唱到很晚，因此不必担心打搅别人。

房间的主人是位年轻的指挥，才三十多岁就谢了顶，仅有的几缕头发又蓄得格外长，快步行走的时候总会造成彗星的效果。聪明的脑袋不长毛，这人的确很会算计，结婚之后就搬到了丈人家里，把自己的小单间偷偷出租赚钱。虽然是同事，他跟赵小提的母亲要价时却毫不含糊，每天才用三个小时，一个月的租金就要五百。不过比起赵小提隔三岔五登门去接受"乐坛名宿"们教诲的费用，这点儿钱也算不了什么，无非为母亲敦促他时增添了口实。

"钱倒都是小事儿，但时间可绝对浪费不起。"母亲说，"全国青少年大赛迫在眉睫，这对你能不能被招进'中央院'非常关键……"

带着这样的敦促，赵小提已经记不清在这里消耗了多少个傍晚。他只记得每天懵懵懂懂地走进房间，拉开灯，然后便按部就班地开始练琴：大顿特的练习曲、巴赫随想曲，此外还有莫扎特和柴可夫斯基……练到手指实在发酸，再也支撑不住，他就适时地奖励一下自己，从书包里翻出一盒万宝路香烟，点燃一支。这也是他在眼下这种生活里的唯一休闲了，他还猜测父母其实已经发现了他抽烟，但只是懒得点明而已。对于他们来说，他顺利地考进音乐学院，不要"浪费"掉已经投入的大量时间和钱才是正事儿，其他的只要无伤大雅，都可以宽宏大量。

抽烟时，他常常靠在那半扇窗户前，看着筒子楼下甬道里的人们。矮胖壮实的男管乐手声如洪钟地谈笑，刚演出完的女弦乐手穿着黑天鹅一般的长裙匆匆掠过，奔向食堂去抢最后一屉包子。手里的香烟冒着扶摇盘旋的白雾，而赵小提却基本不拿嘴去吸。他只希望它烧得慢一点。在这种时候，他觉得自己孤独极了。那是旷日持久又机械重复的孤独，他连挣脱出去的力气都没有。

情况发生转变是在哪一天呢？赵小提也记不得了。

在他的印象里，当时是冬天吧。阴暗的房间格外阴暗，窗外的北风嗷嗷的，从学校走来的路上冻得他也嗷嗷的。不知第几遍拉完了帕格尼尼的《无穷动》，赵小提又翻出了烟。犹在亢奋状态的手指微微哆嗦，把那团烟搅成了古怪的抽象形状。暖气蒸得人头晕，屋子里闷得慌，他拨动窗栓，把窗子推开透气。一团橙色的光像火一样跳进他眼里。

居然是柿子，一共三个，并排摆在外面的水泥窗台上。路灯已经亮了，在光线下，柿子们晶莹剔透，简直像是活物一般。赵小提的第一反应竟然是不敢去摸它们，他觉得它们会动、会叫，甚至会说话。接下来，他才困惑起来：哪儿来的柿子呢？昨天分明没见过呀。也就是说，它们是在他走后才被人放上去的，也许是昨天夜里，也许是今天上午。

柿子们也是他在两个多小时里见到的第一抹亮色，瞬间把他的脑子激活了。他开始思索它们是怎么回事儿。绝不可能是以前的屋主的，那个指挥就算回来，也是为了安置些用不着又舍不得扔的东西，比如西边墙角的那只压力锅。他没事儿闲的在这儿冻柿子干吗呀？哪儿还找不着一个窗台呢。那么只有一种可能，就是另外有人拥有这个房间的钥匙。而这还是要绕回指挥的身上：他可以在五点到八点这段时间把房间出租给赵小提，又何尝不能在别的时间段租给其他人呢？

至于"另一个人"租这房间的用途，多半也是做琴房吧。与人分时用房，一定不是住家，何况房间里也没有一张床可供睡觉。乐团院儿里兼职的老师多，来往的学生也多，有赵小提这种需求的学生估计少不了。想到这儿，他又开始饶有兴趣地思考：那么，柿子的主人是学哪种乐器的呢？不大可能是小提琴、大提琴之类，管乐也可以排除，因为那些都是需要用谱架的。而窗前的谱架上摆的，仍然是赵小提昨天用过的那一本琴谱。他一斜眼，往身边看过去，果然看见原本蒙着灰的钢琴被擦拭过了，面板散发着幽幽的乌光。

原来这位同屋的人，是个弹钢琴的。赵小提像个侦探一样笑了——虽然他破的这个案子可算不上什么高难度。而至于那人多大年纪、什么性别、从哪儿来的、琴弹得怎么样，这些疑问却再也没有线索可寻。也就是说，假如赵小提把今天的意外发现当作练琴之余的一场游戏，那么游戏也该结束了。他叹了口气，把烟屁股扔出窗外，然后又拿起琴来。

仍然是帕格尼尼的《无穷动》。第无数遍加一遍。这是他在不久以后参加比赛的备战曲目，为了达到"惟手熟尔"的境界，练多少遍也不嫌多。可这一次只拉了一半，赵小提又停下了。

他的脑子里冒出一个新的念头，或者说，他发现了一个新的游戏：如果"另一个人"第二天来，发现柿子没了或者少了，他（她）会做何感想呢？

这么一想，赵小提便饿了。也是，每天下课就来这儿练琴，晚上八点才能回家吃饭，不饿才怪呢。他再次打开了窗户，侧身探手把三个柿子一一捞了进来。柿子光滑、坚硬、冰凉，一时半会儿还下不了嘴。不过这不构成困难，赵小提把它们放在了暖气上。

今天的《无穷动》练完，柿子早已软了。赵小提捧起一个，拿牙咬开一个小孔，吱吱有声地吸吮起来。味道还真甜。第一个飞快地扁下去，成了层皮儿，接着就是第二个。第二个也扁了，第三个却得以幸免——倒不是饱了，而是他意识到自己好像做得有点儿"过"。何必赶尽杀绝呢？给人家留一个吧。再说柿子还没化透，结着冰碴儿呢，吃多了怕拉肚子。

打了两个嗝儿，赵小提又叼上了一支烟，却没有点燃。他不想破坏嘴里芬芳的味道。临走前，他从书包里找出作业本，扯下半张纸，用钢笔在上面写道：不好意思，吃了你的柿子。他将最后一个柿子放回原处，下面压着这张纸条。

离开筒子楼后，赵小提还忍不住回头张望，寻找着窗台上的柿子。路灯把他的影子拉长又缩短，缩短又拉长，笑意却从他的嘴角边浮上来。回家之后又是千篇一律的夜晚：母亲问他今天练琴的心得与收获，提醒他周末去老师家上课万万不可迟到，看着他睡前用热水泡手……但是赵小提心里有种莫名其妙的惬意。他长久以来的孤独感突然消失了。

第二天下午，赵小提一走进房间，便警惕地留意屋里的变化。他把书包和琴匣轻轻放在地上，绕着小小的斗室走了一圈，两圈，三圈。他的鼻子情不自禁地像警犬一样抽动，但没有闻到生人的气味。屋子里的物件也原封不动，椅子仍与钢琴平行摆放，"山水"收录机的天线还那么歪歪斜斜地支棱着。

昨晚仅存的一个柿子也孤零零地摆在窗台上，隔着玻璃窗，在昏暗的暮色中像一盏柔软的灯。赵小提失落地吁了一口气：看来没人来过。从他昨晚离去到今天开门进来，房间恒久地空着。他仍然是这里仅有的一个人。也许"另一个人"昨天有事没来练琴？再也许，人家刚好结束了在这间房子里的租期，而柿子正是送给赵小提的"留念"？

孤独感又不可遏制地涌上来，赵小提想要立刻就抽上一支"万宝路"，但却觉得被一只干枯的手扼住了喉咙，连呼吸都不畅了。他靠窗发了会儿呆，终于慢慢弯腰，打开琴匣，把小提琴的腮托顶在已经磨出一块厚厚老茧的下巴上。时间是耽误不起的，尽管时间是如此的枯燥。

今天的《无穷动》练得很不顺利。几个关键的衔接被处理得上气不接下气，一贯引以为傲的音准也出了问题。假如被母亲听见，她一定早已用指关节敲敲桌面，冷冷地怒视赵小提了。但赵小提也只能硬着头皮拉下去，他厌烦这支离破碎的琴声，却又生怕它停下。

天色彻底黑了，他才突然意识到自己忘了开灯。拉下塑料灯绳，窗外的那只柿子又亮了起来，和头顶的灯泡呼应着。昨天留下的字条被它压在下面，在风里微微抖动。现在再看见柿子，赵小提就是一肚子的负气了，甚至还有几分没来由的委屈夹杂其中。同时，他又饿了。

第三只柿子终于也瘪了。吃的时候，赵小提用昨天留下的那张字条裹着它，过分用力地吸吮，把汁水都挤出来了。柿子是不速之客，把它们消灭干净，他就可以心平气和地练琴啦。赵小提泄愤般地想。然而就在把柿子皮随手抛出窗外，用揉皱的字条擦手的时候，他突然愣住了。

字条上，在他昨晚留下的那句话底下，多了一行陌生人的笔迹。字写得很瘦弱，带着弱不禁风的秀气，但口气却强硬得很。就三个字：你讨厌！还画了一个浓墨重彩的惊叹号。赵小提的第一反应，写字的人是个女孩，第二个反应，则是她并没有真的为那两个柿子生气，她的口气与其说是抗议，倒不如说是某种娇嗔。

就像学校里那些很受追捧的女生常用的口吻一样。当被欠招儿的男生扯辫子或者开了"过头"的玩笑时，她们往往绯红着脸怒斥：你讨厌！但声音往往伴着鼻腔，最后一个字被拖得略长，眼角还埋着风情——虽然尚且不能运用熟练，但已经足够令人心花怒放。然而在学校，赵小提可从来没有享受过这种待遇。常年的练琴和管教让他变得沉默寡言，沉默寡言又加剧了他的孤独和胆怯。他总觉得自己有满腔的话想说，但却没有合适的人说。

正因为这个原因，字条上的三个字使赵小提兴奋莫名。在这隐秘的房间，通过隐秘的方式，他感到自己和外部世界发生了隐秘的联系。他反复看着那句"你讨厌"，设想着它变成声音会是什么样的效果。他攥着字条在斗室里大踏步地踱来踱去，像电影里被灵感击中的狂喜的贝多芬。他不时狠狠地挠挠自己的脑袋，又点燃了一支烟，深吸一口，以轻浮的姿态"咻"地吐了出去。

如何让他们的联系继续下去，这是赵小提必须考虑的问题。帕格尼尼是怎样从第一段旋律演绎出《无穷动》的？其实也没有想象中的那么难。他胸有成竹地拿起琴来，继续今天的演奏。比起刚才，手指灵活了许多，每个音符都掷地有声，此后的练琴效果让赵小提自己都吃惊。

再一天下午，赵小提开门走进这个房间时，比平常晚了半个小时。他的手里除了琴匣，还拎着一只厚厚的塑料袋。他打开窗户，从袋子里拿出柿子来，码在寒冷的窗台上：一只，两只……远远超过了三只。放学回来的路上会经过一个菜市场，在水果摊上，他挑了十只最大、最饱满的。价钱可不便宜，接下去的两个礼拜，他就抽不起"万宝路"了。柿子们互相摞着，形成了一个不规则的金字塔，此时被光一照，几乎像是一团橙色的火。赵小提便在跳动的火光里拉琴，同时陷入新的踌躇：他是否需要给"她"再留一张字条呢？比如向她道歉？比如请她吃这些柿子——放心吃，痛快吃，不吃就是不给他面子？

当晚离开的时候，这个念头在最后一刻被打消了。年仅十七岁的赵小提已经懂得了言有尽而意无穷。他想：无论对方接受或不接受他的道歉，吃或不吃他的柿子，他们的"联系"都会被限制在这简单的礼尚往来之中。换一个说法，一旦有了明确的说辞，他们的"联系"不仅不会深入，反而会被终止。他想要的可不是这些。他应该让柿子们默默无言地摆在那里，留给对方猜测和想象的空间。如果对方也去猜，也去想，那么事情的含意就会真正地宽阔起来了。

走的时候，赵小提照例在楼下驻足片刻，仰望那些柿子。火焰在二楼的窗台上燃烧，他强迫自己记住它们的数量和码放的形状。而回到家里，他无论吃饭还是洗澡都变得迅速了，和父母说话的语速也快了。

母亲问他："有什么高兴的事儿？练琴时又啃下了两个硬骨头吗？"

赵小提不置可否。他不好意思告诉母亲，自己其实只是希望时间过得快一些，希望走进那间琴房的时刻早点来临。

再次走进房间时，赵小提直奔窗边。柿子们仍然一个摞一个地码放在那里，但形状已经发生了微妙的变化。他屏住呼吸数了数它们的数量：九个。再数一遍，还是九个。也就是说，另一个"她"吃掉了一个柿子。"她"的胃口和字迹一样秀气，只吃一个就够了。而除此之外，赵小提还能推测出什么讯息呢？"她"看到卷土重来的柿子远远多于以前时，是惊愕还是莞尔一笑呢？如果"她"把赵小提的举动视为某种"表示"，那么"她"有没有新的"表示"呢？

四下略一打量，赵小提惊喜地发现，自己身处的地方已经焕然一新。不只是钢琴，窗台、谱架和五斗橱上的尘土都被擦拭干净，就连暖气片也用抹布细细地抹过了。打开灯，每样东西的表面都流动着细细的光，窗明几净的房间甚至显得比原来大了不少。这就是"她"的表示吗？她既然和赵小提分享了柿子，也就愿意和赵小提分享打扫卫生的成果吗？如果这还不够明显，那么另一样东西就更能说明问题了。在钢琴前方的木椅子上，还摆着一个烟灰缸。它是用一只空可乐罐子制作而成的，上半部分的铁皮被均匀地剪开，外翻，折成了一朵绽放的红花。"她"闻到过他遗留在屋里的烟味儿，那东西是"她"留给他的新礼物，而且是主动赠送的，和那天的三只柿子不是一个性质。

毫无疑问，在这间琴房里，他们已经结成了从未谋面的但却不言自明的"交情"。

那么，当今天练习《无穷动》时，赵小提所想的，就是新的问题了。"她"到底多大岁数？是胖是瘦？长什么样子？这些疑问像剪断了的串珠，不可遏制地从他的头脑深处蹦了出来。他还联想到小时候听过的那个"田螺姑娘"的童话。"她"像田螺姑娘一样给他提供了食物和清洁，而他越是感受到那份关照，也就越发受到了好奇心的进一步折磨。他们应该见面吗？他们能够见面吗？

这一天，赵小提练完琴，像往常一样背上书包，拉灭电灯，关门出了房间。然而他犹豫再三，终于没有走下筒子楼的楼梯，而是又往上爬了半层，缩进楼道拐角的黑影里。他决定等"她"一等，时限是一个小时。如果这段时间内对方没来，他就回家。母亲对他的作息控制得很严，拖延得不太久，他还可以谎称在路上吃了顿快餐或者到操场锻炼了一下身体，假如超过了一个小时，则势必引起疑心——偏偏赵小提自己也是心虚的。

楼道里并不安静。声乐演员穷极无聊地吊着嗓子，"咦咦啊啊"之声从洗澡间或卫生间忽高忽低地传来，裹挟着肉味儿和粪便味儿钻进赵小提的耳朵里。几个男人在三楼靠外的房间里打扑克，争论之声乍起复又消沉。冬天正是吃涮羊肉的季节，一个女人家门口的大白菜被邻居"顺"了两棵，她愤怒地、字正腔圆地公开指责持续了二十分钟之久。赵小提所埋伏的拐角里积存了大量杂物，有旧皮鞋、成麻袋的饮料瓶、一台单开门冰柜，甚至还有两只半米见高的酸菜缸。这些东西为他提供了足够的掩护，但味道着实不好闻。过了一会儿，他被迫点燃了一支烟，同时歪歪斜斜地靠在脱皮掉灰的墙壁上。一个穿开衫厚毛衣的男人从楼上下来，看到他嘴上明灭的烟头，不由得脚步一停，嗓子眼儿里"嗯"了一声，随后装作没看见似的快步离开。在人家的眼里，赵小提此时的形象就是一个守在人家门口等女孩儿的坏小子吧。他不禁觉得可笑，同时稍感荒唐。那种勾当他可从来没干过，眼下也不算。但他又算是在干什么呢？

随着在楼道里待的时间渐渐延长，新的惶惑也冒了出来：他怎么笃定"她"会在他之后的晚上来到琴房，而不是在第二天的上午呢？赵小提是学生，白天需要上学，但如果用自己的规律来揣测人家，那也太一厢情愿了吧。比惶惑更让他难受的，就是害怕了。越想着对方很可能在下一个瞬间出现在二楼的楼梯口，他的心就越发怦怦乱跳，像打鼓一样。他敢和人家打招呼吗？打了招呼之后又能说些什么？他还担心假如被对方"认"了出来，自己很可能会没出息地撒腿就跑。那可就是不折不扣的"见光死"了。赵小提突然醒悟到，他和"她"即使建立了心照不宣的联系，那联系也仅在不见面的情况下有效，如果他们在同一个时间出现在同一个地点，仍然算是陌生人。

这个残酷的发现让赵小提陷入沮丧。有那么两次，他几乎想要拔腿就跑，但总算压抑住了这个念头。再看看手上的"卡西欧"手表，已经七点五十分了。等都等了这么久，为什么不凑足一个小时呢？那时再走，对自己也是个交代吧，起码睡前不会怪自己没用。

七点五十到八点，这十分钟很快也很慢，但终于就要流逝殆尽了。赵小提怅然却又如释重负地拧了下身子，让肩膀离开墙面。他准备离开。

也就是在这时候，一个女孩的脚步从一楼的楼梯上传来，渐强，越来越清晰。脚步声停止在二楼的走廊入口，她侧了下头，与站在高出她几米处的赵小提对视。

这是突如其来的相见。对于赵小提来说，他在此前一个小时内所做的心理准备全都白费。他像突然曝光的胶卷迎接女孩的目光，同时也看着她。女孩也是十六七岁的模样，穿一件对这个年龄的姑娘而言相当老气的棕色格子外套，马尾辫垂到外衣的毛领子上。她的脸不算白，颧骨上各有一块微微的糙红，她的眼睛明亮且极具穿透力，使赵小提感到自己关于她的想法全被一览无余。但赵小提只看到了她的上半张脸，鼻子以下的部分全被一只厚厚的医用口罩掩盖住了。她是感冒了，还是不适应近日干燥扬尘的天气？

赵小提半张着嘴，喉结紧张地发抖，发不出声音却又生怕自己发出什么难听的声音。

好在这次见面仅仅是惊鸿一瞥。也是，人家也许只是路过时突然发现楼梯上有人，便下意识地驻足而已。她没有认出他来，赵小提歪歪斜斜地站着夹着烟的样子，也绝不像一个把《无穷动》拉得滚瓜烂熟的小提琴手。女孩的步伐轻快，转眼从赵小提的视野消失，随后传来了锁簧跳动的声音，随后是关门声，随后，钢琴的奏鸣从那间琴房里汩汩涌出。

赵小提对钢琴不熟，听不出女孩正在练的是什么曲目。但从速度和音阶的跨度判断，那曲子的难度极大，是专为演奏者炫技所写的一类作品。她和赵小提一样，也是备战即将举行的那个音乐大赛的选手吧？每年的这个时候，都有无数资深"琴童"从全国各地赶到北京，和家人租住在音乐学院与各大乐团附近的旅馆、招待所里，花大价钱去拜访名师，只为了把几年、十几年的功夫换作比赛场上的全力一搏。"琴童"们大多活得极其封闭，互相之间没有交往，就是在同一个老师门下学习的孩子，赵小提也一个都不认识，但在他心里，这些人却比其他同龄人熟悉得多也亲近得多。他们都在忍受着同一种孤独。

赵小提在女孩的钢琴声中发愣，出神，时间又不知过了多久。直到一曲终了，楼道陡然空了，他才疾风一样跑下楼，逃也似的走了。

明天再来，窗台上的柿子又会少一个吧？他顶着寒风，一边往家里走着，一边这样想。

赵小提是在第二天早上才发现自己的琴不见了的。那天回家以后，他开门进屋，先看见餐厅桌上半凉的饭菜，接着便听见母亲的唠叨声从里屋传出来。

"今天怎么回来得这么晚？到哪儿瞎转去了？"母亲把菜往笼屉里放着，说，"这孩子，比赛还有半个月就开始了，怎么还是一副不着急不着慌的样子。你可得认清形势，如果得不上名次进不了'中央院'，这些年的功夫可就算白下了，你得和普通学生一样参加高考，别的大学你考得上么……"

考不上其他大学，还不是因为你们为了让我练琴，削减了我的文化课和家庭作业。这赌注是你们替我下的。赵小提在心里回着嘴，嘴上却说：

"今天多练了一会儿。有几个音总觉得力道不够，又'抠了抠'。"

母亲的脸色立刻缓和了："那也别太晚，赛前过度劳累也不好……再说也别影响别人用房间。"

赵小提心里咯噔一下。看来琴房里有另一个人，母亲是知道的，只有自己长期蒙在鼓里。他默默地吃完饭，然后拿着跳绳去门外活动了下身体，再回来洗澡、用热水泡手，最后躺在床上，用 CD 机分别听了两遍海费茨和穆特演奏的《无穷动》。这些都是每晚的例行公事，他懵懵懂懂地进行着，并没有感到什么不对劲。

直到第二天到学校敷衍了几堂课，坐车回到家里取琴时，他才赫然看到自己房间的书架第二格是空的。每天晚上睡觉前，他都会顺手把小提琴的琴匣在这个地方放好，以便次日下午拎上就走。那柄德国进口的仿制"斯特拉迪瓦里"去哪儿了呢？赵小提只觉得两肩一紧，冷汗已经冒了出来。绞尽脑汁逆着时间一幕幕地回忆，他想起自己昨晚睡前就没看见过自己的琴，再往前，进家门的时候也没有拎着它，再往前，从筒子楼走回来的时候手居然是空的。而稍稍令人感到滑稽的是，整整一个晚上，不仅他自己没发现琴没了，就连母亲也视若无睹。小提琴这个当前对赵小提一家人最重要的东西，竟然成了他们眼中的盲点。

好在赵小提尚能理清思绪。他判断，自己极有可能把琴落在昨天"埋伏"过的那个楼道拐角了。昨晚失魂落魄，他只顾着闷头琢磨事儿，走的时候便忘了拿琴——就像战士丢了他的枪。这么想着，他撒腿就往两公里外的那个乐团家属院跑去，同时心里火烧火燎：筒子楼是个嘈杂的地方，每天进进出出的不知道是些什么人，一只做工精细的琴匣躺在地上，不可能没人留意。万一被谁家孩子捡走了呢？万一被收废品的顺手牵羊了呢？万一被哪个识货的人据为己有或者拿到琴行里去卖了呢？如果琴找不回来，他想象不出母亲会是什么反应。就算他家的经济情况还算宽裕，三万多块钱的琴价也不是小数啊。更重要的是，比赛迫在眉睫，一时半会儿到哪儿去找一把拉顺了手的琴呢？

街上稀稀落落的行人看着这个孩子张皇地奔跑。在冬天的下午，赵小提满头满脸都是汗，身体内部却越来越凉。当他跌撞着冲上二楼，往那堆杂乱的物件中间望去，心里的温度终于降到了冰点：琴不在那里。

他险些一屁股坐到地上。脑子里回响着某个幸灾乐祸的声音：让你不看好它，让你整天胡思乱想些没用的东西，现在好了吧，琴丢了。赵小提像长途跋涉的骆驼一样张大鼻孔呼吸，但只觉得氧气供给不到身上的器官。他眼前的一切都开始模糊，重病一般扶着墙，往那个琴房走过去。他需要一个封闭的地方静一静，仿佛正在躲避着巨大的危险。他也知道自己这么做是鸵鸟战术，对眼下的困境一点帮助也没有，但他就是管不住自己。他只想藏起来。

事情是在半分钟之后峰回路转的。当赵小提打开房门，赫然看见琴匣稳稳当当地摆放在钢琴上，和收录机呈四十五度角。他几乎不敢相信，使劲揉着眼睛。他的大脑因为狂喜而眩晕，却又像有了特异功能一般，脑海里浮现出昨天的情景，却是自己从未目睹过的情景：

依然是这个昏暗、狭窄的房间，屋里的人不是他而是那个女孩。她端坐在钢琴上，弹奏着那首高难度的练习曲。她的脖颈修长，腰背挺直。片刻，一曲终了，女孩却没有移动身体，两手仍悬在琴键上方，保持着"握着一个鸡蛋"的标准手形。她微微侧头，像在空气里捕捉仍未消失的音符。但赵小提知道，她是在听着门外的动静。她知道他还站在楼道里，听。而这时，自己那不争气的逃跑脚步响了起来，咚咚地踩着楼梯。站在事后的、旁观者的角度，赵小提觉得自己既莫名其妙又做贼心虚。跑什么呀？怕什么呀？他指责昨天的自己。

而女孩呢，居然立刻站了起来，开门追了出去。她竟然追他，她为什么追他呢？是要感谢他超额归还的柿子吗？是想打听赵小提是否也是音乐比赛的选手吗？她也是渴望认识他的吗？她心里是否怀揣着和他同质的、稚嫩又沧桑的孤独感？

可是昨天的赵小提终究是跑掉了。今天的赵小提在脑海里追踪着女孩来到二楼的楼道口，往斜上方望着，看到了他落在那里的琴匣。他还看到女孩走上楼梯，轻轻把琴匣拎了起来，往琴房走回去。在这个过程中，女孩的嘴角上翘，露出的笑容堪称幸福。也不知是怎么搞的，赵小提只见过女孩戴着口罩的样子，但却能清晰、真实地勾勒出她整张脸的全貌。她秀气而又明媚，和她的眼睛很相称，也和他所期望的一模一样。

这一幕幕像放电影一样"过"完，赵小提就再也安静不住了。他意识到自己情窦初开，并像所有处于那种心境的男孩一样激动、浮躁。他特别想做点儿什么，但又实在想不清楚自己应该做点儿什么。他先是打开琴匣，把琴捧出来拉了一会儿，却再也感受不到一点儿失而复得的珍贵，《无穷动》被胡乱处理，忽快忽慢，拖拖沓沓。他放下琴，又去数外面窗台上的柿子：一只，两只……七只，八只。女孩是每天吃一只，她不紧不慢，井然有序。她就算同样对赵小提抱有好奇和兴趣，也不会像他一样乱了方寸。想到这儿，赵小提毛手毛脚地抖出一支烟来，塞进嘴里，狠狠地抽起来。

抽完烟，他才终于弄明白自己到底想要做什么。他打开窗户放了放味儿，然后拎起琴匣走了出去。他再次来到昨天那个楼道拐角，一屁股坐在台阶上。他决定继续等她，等来了之后又要怎么办呢？他不知道，但他不惜为此消耗掉大赛前夕的整个晚上。

决心已定，时间就快了。到了晚饭的时间，楼上楼下依旧嘈杂，但赵小提却像入定了一样纹丝不动。那些声音进了耳朵却进不了脑子，上上下下经过的路人看见了赵小提，赵小提却看不见他们。

七点钟终于到了，女孩如期而至。赵小提的目光越过污浊的水泥扶手，先看到了她晃动的马尾辫，接着看清了她戴口罩的脸。她是感冒了还是格外怕冷？

来不及多想，赵小提已经被自己的双腿弹了起来。他张开嘴，这才发现自己竟然没有设计好该说什么。下意识地，他抬起手，把琴匣拎高几寸晃了晃。

女孩的眼睛一弯，也没出声，对他点了点头。假如赵小提在为小提琴的事儿致谢，她的意思就是不客气吧。接着，两人便僵立着，陷入被胶粘住一般的沉默。

赵小提真恨自己。多年以来，他已经习惯于用手指和琴弦发声，语言的能力仿佛高度退化了。班上那些男生是怎么跟女生搭讪的？电视和电影里那些油嘴滑舌的家伙是怎么打破僵局的？可现在临时抱佛脚又哪里管用啊。他的嘴再次张开，却只能发出吭吭叽叽的杂音。

女孩倒比他沉稳得多，她的眼睛又弯了一弯，然后抬起手来做了个拜拜的动作，就转身轻巧地往琴房走去了。赵小提愣了一会儿才跟上去，看见房间里的灯已经打开了，门缝犹豫地敞开几秒，最后轻轻关上。

那么，他今天的等待到此结束了吗？赵小提可不甘心。女孩认为他应该离开吗？赵小提也不这么认为。他预感到事情还没有完。门关了不等于故事结束。

果然，琴声从屋里传了出来——不是高难度的练习曲，而是极其简单但却因此而分外优美的旋律，德国人约翰·帕赫贝尔的《卡农D大调》。这是学乐器的人最早接触的一类曲子，也是在他们脑海里和指尖上留下了条件反射般的印象的曲子。尽管已经把《无穷动》练得烂熟，但赵小提在若有所思的时候，脑子里闪出的"背景音乐"总是那么简单的几首。

女孩的琴声果然也是若有所思的。《卡农 D 大调》被她弹得潦草随意，完全像是下意识地弄出的声响。她好像在感慨什么，又像在等待什么。

赵小提终于明白了女孩想要做什么。他打开琴匣，又一次把琴拿出来，隔着门，与她合奏起来。这支曲子有着各种演绎的版本，其中最经典的就是钢琴与小提琴的搭配，学这两种乐器的人没有不熟悉的。他的琴声一加入，女孩那边立刻有了响应，指尖上有了根也有了魂，呼应起赵小提来。曲调明朗清澈，合奏声在楼道里反弹着越传越远，两个住在隔壁的乐手被引了出来，却没有打断赵小提，而是微笑着为他打着拍子，好像在善意地面对一个傻子。

赵小提的确是个傻子了。那一瞬间，他觉得全世界都统摄在《卡农 D 大调》之中，而乐曲的另一半则是从门那边的另一个世界传来的。赵小提的眼睛明亮，掌心发热，心境清澈，他充满着无可言喻的自信心，并感叹自己此前的十几年活得是多么虚弱。合奏结束了，他的踌躇也便烟消云散。他要迈出那一步，和多年来的孤独一刀两断。

赵小提把小提琴放进琴匣，掏出钥匙，对了几次才对准锁眼，捅进去，轻轻往右拧着。当门锁发出清脆的咔啦一声，他不由得屏住了呼吸。但他没想到的是，屋里也发出了相应的声音，是椅子移位和脚踩地面的声音。女孩简直像把自己的身体抛起来，重重地顶在门上。赵小提觉得头顶的门沿都落灰了。

随即，形势变成了两人隔门角力，僵持。一个想要进去，一个力图阻止对方。赵小提下意识地使着劲儿，心里的惶惑像沸水一样冒着泡儿：她不想让他进去，不想和他近距离地坦诚相见吗？那么，她是讨厌他吗？讨厌他为什么流露出了那么多的善意——柿子、可乐罐烟缸、小提琴、《卡农D大调》？以上这些，都是他们切切实实地交往的证据，他们明明建立了联系，她为什么要在最后一刻把这些联系全部切断？她为什么要把窗户纸筑成石墙？

除了惶惑，赵小提心里泛上来的还有委屈。同时竟然还有愤怒。那些愤怒并不来自隔门相拒的女孩，而是来自他生活里的一切，但归根结底还是汇聚到那女孩的身上了。他想起家人对他的管制和冷漠，想起在学校里没有一个朋友，仅仅因为一项特长而被同学们孤立，他还想起自己为了练琴所吃的苦楚，那些苦楚并非他自己的选择却被周围的人视为天经地义。他忍受了这么多年，今天终于遇到了一个自认为可以说一说的人，但人家却毫无理由地把他拒之门外。

愤怒让赵小提脸红心跳，眼泪都快迸出来了。他想哀求女孩开门，但却因为头脑发空而说不出一个字。耳边只剩下了嗡嗡回响，身体里只剩下了一股蛮力。他不假思索地把这蛮力用到了薄薄的门板上，仿佛推开它，就是推开令人窒息的生活，让天边露出一道光来。男孩的力气终究比女孩大得多，但赵小提却不觉得自己在恃强凌弱。他感到自己正在和什么无比巨大、险恶的东西抗争，必须全力以赴。他全身倾斜，肩膀顶在门上，从腿往腰再往肩膀上发力：一下，两下，三下。

门终于在默默无声中被推开了。赵小提的身体沐浴在电灯的光里。在光里，他首先看见了窗外燃烧的柿子，看见了敞开盖儿的钢琴，还看见了钢琴上折得整整齐齐的口罩。他总算意识到了女孩已经失去重心，像树叶一般往水泥地上摇曳着坠落下去；他捞了一把，离她挥舞的胳膊还有半米左右的距离，只能看着她一头栽倒；他还诧异于女孩并没发出惨叫，甚至连抱头含胸自我保护的条件反射也没有，她只是用力地扭着头，让她的脸向后，再向后，背离赵小提的视线。

但赵小提终究是看到了。在绽开的马尾辫的乌云里，女孩面色格外煞白，她没戴口罩的脸像赵小提所幻想过的一样清洁、秀气，因而更把那道疤凸现了出来。疤长在嘴巴的上方，和完整的下嘴唇垂直，它一眼而知不是后天划开的，而是将先天的缺口缝合所致。也许将这道疤修复完整是一项烦琐的工程，眼下手术只进行了一半，也许它根本就没有可能修复，医生和女孩的父母只能心照不宣地敷衍了事。

女孩坐倒在地，后背重重地磕在暖气上。但她仍未出声，而是缓缓抬起一只手，按在自己的嘴上，把下半边脸遮住，才扭过头来直视赵小提。她的目光是平静的，却让赵小提感到刀锋一般地寒冷。那是历经岁月，用无数怨恨淬炼出来的彻骨寒。在女孩的注视下，赵小提清楚地认识到了自己的角色是一个施暴者。他还觉得自己正在无限地缩小，世界以更加巨大的重量压在了他的身上。

赵小提转过身去，把女孩和房间留在了背后。走的时候，他下意识地拎起了琴匣，但他知道，经历过那次合奏，自己怕是再也无法用小提琴拉出一个音符了。

「老　人」

周先生最近沉浸在喜悦的踌躇中。每当早上醒来或者晚上睡前，他的胸膛都有如小鼓乱擂，咚咚急响。这是怎么搞的呢？老了老了，七十多了，竟然像窝藏了许多少年心事一般。

　　究其原因，还要从三个多月前的那个清晨说起。那天是周先生的亡妻明先生的忌日，他绝早起床（本来也睡不着），拿着笔和桶到学校的园子里去。笔是一米见长的巨型毛笔，桶是红漆小木桶。周先生走到湖边，将桶吊到湖里，荡一荡，撇开水面的浮萍和落叶，然后一拽，打上半桶清水来。他就用笔蘸了这水，开始在甬道的青石板上写字。行书颜体。

　　写的是：人生若只如初见，何事秋风悲画扇。等闲变却故人心，却道故人心易变……

明先生生前，是古典文学专家，专做明清，著述最多的，就是关于纳兰性德。周先生在她的忌日，用这种方法默写纳兰性德的词，自然是对她最恰当的纪念。从明先生去世到今天，已经有六年了。六年间，周先生如此这般缅怀着明先生，也在学校里树立了自己忠贞清雅的形象。他的字写得清瘦而有劲道，然而下一句写完，上一句已经干了，薄薄的清水随风而散。满头银发的老人独自写着无字书，这又是多么悲凉的形象啊，背后的故事无非是繁华易逝，人生无常。

然而这一天，周先生却不孤单。他正在写字、回忆、出神，忽然发现笔尖的斜侧方多了一双脚。那是一双女孩儿的纤细的脚，穿着带"襻儿"的皮凉鞋。周先生抬头一看，脚的主人正在认真地看自己写字呢。她二十才出头，已经脱了孩子气，但远没来得及成熟：单眼皮，翘鼻子，抿着嘴，扎一条马尾辫，印花蜡染棉布裙子。

周先生只好停下了行云流水，他在等那女孩把脚挪开，不要妨碍他下一句的开头。女孩也很知趣，轻巧地往后跳了一步，给周先生腾出了空间。蓝裙子一抖，仿佛挥袖铺纸。周先生没奈何，只好沿着她铺开的"纸"

写了下去。

周先生写，女孩继续看；周先生写完一阕，女孩仍然不抬头。她眯着眼睛看那字迹渐渐消散，同时嘴里仿佛念念有声。

这倒让周先生有点儿不知怎么才好了。他愣住了，笔头的水滴下来，在脚下积了一个小滩涂。然而他又不能抗议人家影响了自己。路是人走的，不是写字的；他既然写了，就更不能禁止人家看。

而这时，女孩居然问："您是周先生吧？"

周先生更加吃了一惊。看来对方还是有备而来。不只是看新鲜，还做了功课。

周先生只好结巴道："你……怎么知道我的？"

"是通过明先生……我也喜欢纳兰性德，因此看过她的论文集。"女孩像回答课堂问题一样说，然后又补充，"我是赵老师班上的学生。"

原来是赵埔班上的学生。赵埔是明先生生前的关门弟子，门刚关，掌门人就躺下了，因此博士期间是由别的教授代为培养的。不过他既聪明上进，又奉明先生为恩师，如今已经留校任教几年了，还念念不忘地喜爱到处讲周、明两位先生的"高古"。这虽然有往自己脸上贴金之嫌，但被贴的"金"却不由得要念他的好。

周先生便对女孩点点头。这就有鼓励的性质了：鼓励她志存高远，心慕淡泊。然后他不再看她，又低头，写了一首无字的《长相思》。只是不知为何，写这一首的时候，周先生忽然有了装腔作势之感。再不经意间瞥到女孩纤细的脚，心中就生了一份愠怒。而他自信能做到不悲不喜，已经有些年头了。

勉强完成这一首，字是无论如何也写不下去了。于是周先生收笔，提桶，换成了拎墩布的架势，有点颓唐地往回走。这一年的纪念活动到此结束。

走了两步，女孩却在后面问："您明天还来写字吧？"

周先生不仅没说话，连头也并不曾摇一摇。他写无字书为的是缅怀，又不是晨练，哪儿有天天来的！天天写，等人看，这和杂耍又有什么区别呢？

周先生没料到，他和女孩儿的瓜葛就算结上了。此后的几天，他早上再没出门，而是像往日一样睡懒觉。人老以后，虽然不常能睡着，却爱在床上赖着。有时直接赖掉了早饭，午饭的胃口也给赖没了。这天中午十点多，周先生正怏怏地起床，忽然有人敲门，敲得还挺急促。按说保姆不该这么早来呀，而除了保姆，又有谁想得起来登他的门？

周先生把衬衫扣子系到脖子上，才去开门，却看见是赵埔。赵埔条理清楚地说明了来意：他班上有个女生，对明清诗词深有兴趣，转眼就要升到研究生，定的是这个方向；按理说，这个学生本该他亲自带的，然而他过一段时间就要出国，哈佛燕京的访问学者，两年；系里也没有专攻这一块的在职教师了——另一位早提了副系主任，改走官场了；这女生的资质不错。

周先生说："你的意思，是让我为你代劳两年？我已经退了……不合规矩吧？"

"您如果愿意出山，一定可以破例。"赵埔自信十足地说，"况且人家主动要求您来带。"

"人家？"

"就是那个女生。"

周先生好像一口咽了小半个馒头，有被噎住的感觉。自然而然，他的眼前又浮现出纤细的脚、带襻儿凉鞋和蓝布蜡染裙子。这个形象一出来，他就不得不点头了。

过了几天，女生来报到，周先生在朝南的、堆满书的客厅接见了她。他坐在故纸堆里，夹着一支香烟，点了却不抽，慢慢地透过淡蓝色的烟雾看那姑娘。在烟雾缭绕中，头次见时她脸上的小雀斑就不见了，模样更显得清丽。依然抿着嘴，仿佛很拘谨，而周先生以为，学古代文学的女孩儿应该有点儿拘谨。

"你叫什么？"

"覃栗，不过不是茉莉的莉。"

"那么是栗子的栗吗？"

"还真是。"覃栗低头。

"挺好。姑娘家起个和粮食有关的名字，古朴端庄。"

然后就上课。授课地点就在家里，这说起来是为周先生的身体着想，且表示尊敬，其实呢，还是因为学校现在教室紧张。这几年招了太多的韩国和日本留学生，各种进修班也像雨后春笋一样冒出来，再也腾不出一间小教室或办公室给退休教师了。周先生自己却认为很好，民国时候的学者，不都是在老先生家里"拿烟斗熏出来"的么？这也是一个范儿。

上课的内容，却也不是周先生决定的。说实话，周先生在学校这几十年，究竟搞了什么学问，他自己也弄不清楚。字固然是写了一笔好字，二黄也唱得有腔有调，其他的却没人记得。过去他任教时的工作，也就是给理科的本科生讲讲大学语文："让暴风雨来得更猛烈些吧！"而现在一定要给研究生上课，那就只好有劳明先生了——把她的遗著从书柜里请出来，让覃栗自己读，读不懂了，再请教一旁端着茶杯在阳光和尘埃里半寐的周先生。

"这句文徵明的诗，明先生的看法是……"

"她那时候说过，文徵明诗近白、柳，却远不似唐寅那样俚俗……终归是一股清丽的气息吧。"

这样说居然也能唬住人，覃栗"哦"一声，便继续趴在写字台上研读下去。周先生却从半寐里醒来，从侧面看到了覃栗细长的胳膊，以及小臂上的茸毛。终归是一股清丽的气息吧。

当然，师生二人也不全是"自习"与"监督"的关系。课程的另一半，还是有着积极的互动的，而且真正发挥了周先生的长项。古诗词这东西，最重要的就是一股"气"，而要让气"渗"进去，最好的方法莫过于读，而且是大声吟哦。周先生就率先垂范，一手捧着线装书，另一只手搭在尾巴骨上，迈着舞蹈般的步子，示范给覃栗听。乐府要读出汉韵，唐诗要读出唐风，赶上有调儿的，不只要读，而且要唱。周先生清清嗓子，先宋词，后昆曲，最后终于落到了自己老本行——京戏上。咿咿呀呀的一段"老生"唱完，他回头，对瞪大了一双"单眼皮"的覃栗解释说：

"这也是古代文学。"

就这样，下午的夕阳拖泥带水地沉下去，一天的课程就算结束了。一周两天的"专业课"，而其他的时间里，覃栗就是正常研究生的生活方式：英语、政治等公共课，图书馆听讲座，赶上大讲堂放电影，晚上就好打发了……周先生询问过覃栗"别的时间做什么"，覃栗如此回答。而几个星期的"课"上下来，周先生并未感到充实，反而越发孤寂了。孤寂的自然是覃栗不来的那三天：周一，周三，周四。在这三天里，周先生也尝试着独自吟哦诗词，或者在客厅中央站定，亮相，想要唱上一段儿，但才一开口就没兴致了。仿佛一个票友晋升成了"角儿"，受不了无人倾听的状态了。

也就是说，他越发沉迷于给覃栗上课的状态了。由此联想开去，周先生甚至产生了深深的懊悔：这一辈子竟荒废过去了，没做出一点儿像模像样的学问。自己没

什么可给她的，还要借了亡妻的思想结晶去取悦女青
年。愧为知识分子啊。这么一想，在覃栗不在的日子
里，周先生就愈发地懒了，有一天竟然下午两点了也没
起床，只是在床上哼哼唱词。

保姆敲门没人应，她就掏出周先生交给她的钥匙开
了门，进来。听见周先生在哼哼，她还以为他病了，上
前摸摸他的脑门儿："老爷子，您不舒坦？"

"舒坦，舒坦。我在想事儿呢。"

"可别受了凉，昨天缪老师家的狗感冒了，一直在
打喷嚏。拿肉骨头饭拌了半片儿康泰克，吃了也不
见好。"

保姆这样说着，又把周先生的被子往上拽了拽，顺
手拿过一个靠垫来，垫在他的脖子底下。一对大胸，在
周先生鼻子前面悠过来，悠过去，带了一股强劲的香皂
味儿。周先生听到她把自己和缪老师家的狗作比，自然
哭笑不得，然而一转念，又奇怪起来：这个保姆怎么忽
然对我热络了起来？

保姆叫刘芬芬，岁数也不小，有三十多了，据说在
老家离了婚就出来干活儿，这几年也把学校的园子给串
熟了。她本来是楼下缪老师家雇的，住也住缪老师家，

来周先生家干活儿算是兼职，每天只管收拾屋子、做顿饭，一个月多赚五百块钱。按说钱也不少了，但这个刘芬芬却好像总对周先生有意见，冷着个脸倒好像主人家欠了她的，规整报纸杂志的时候还摔摔打打。这也不算什么，最重要的缺点是不理人。有时候周先生闷了，就走到厨房门口，看看她围裙下斜支着的胯，很慈祥地问："小刘啊，过年回家没有？"

她却好像没听见，机械地翻动着铲子。周先生也以为自己声音小了，又提高了声调，问"小刘回不回家"，刘芬芬却拿眼一斜周先生，凛然地把菜盛出来，仿佛示意他多吃少说。

守着个天天见面的大活人，却不能聊天说话，这让人多别扭。有两次，周先生一气之下，打算换保姆了。历史系的赵先生、马研所的孟主任家里都常雇着保姆，也都可以做兼职的。然而人叫来一看，一个鲇鱼嘴，一个脖子短得让人想起一只蛙，还是作罢了。不光没有换掉刘芬芬，反倒给她涨了一百块钱。她也依然每天和周先生说不超过十个字："您好。""让开些。""走了。"

可是今天真怪了，刘芬芬不光一进门就说话，而且还主动提起了缪老师家的狗，轻而易举地用完了好几天的"限量"。这倒让周先生有点儿惶惑了。刘芬芬打扫房间的时候，他也不像往常似的跟在她身旁晃悠，而是继续独卧，顺手拿起一本杂志，大有"花开花落一床书"之态。

刘芬芬却主动跑过来了："老爷子，您看书呀？"

"唔，看书。"周先生像受了委屈旋即又被哄着的孩子似的说。

"我给您倒杯茶吧。按说绿茶提神，可是您那胃……还是铁观音吧。缪老师上个月去福建，不是给您带过一盒儿么，别心疼啦，喝吧。"

瞧，只要一开口，多么能说。噼里啪啦，典型的北方大娘们儿。刘芬芬这天几乎是缠着周先生说话了，晚饭还多炒了一个菜，又打了一碗蛋花汤。周先生受宠若惊地说："吃不完。"刘芬芬就瞪着大眼睛，等他发话。周先生又说："缪老师家要是没事儿……你就挨我这儿吃？"

刘芬芬果然喜不自胜地坐到桌上，和周先生吃了一顿饭。到底还是农村妇女的本色，喝汤时咂巴得山响，然而在她的咂巴声中，周先生没有喝酒，却也有了醉意。他还忍不住暗自比较起来，比的却是刘芬芬和覃栗两个人：刘芬芬虽然粗气，也老些，但是长相倒真有几分标致，怪不得缪老师的太太像防贼似的防着她，宁可白贴着工钱，也愿意让她出来挣外快；而覃栗呢，身材就有些干瘪，而且还存在着小小的瑕疵——她为什么总是抿着嘴？这是因为牙长得不好，两颗门牙像小铲子，不抿嘴就会翘出来。当然啦，作为一个知识分子，怎么能以貌取人呢？要说气质，覃栗怎么说都够得上娴静两个字了……况且覃栗年轻着十岁多呢。

这样的比较，本来是周先生内心里的游戏，然而直到刘芬芬告辞离开时，他才猛地醒过味儿来：刘芬芬对自己的热络，还能有别的什么原因？不正是因为覃栗的出现吗？否则又能有什么解释？周先生家唯一的"变化"，恰恰是多了一个覃栗啊。

从某种角度上来说，覃栗确实侵犯了刘芬芬的"领地"。有那么几次上课，周先生连读带唱，终于合上书的时候，天色已经挺晚了，覃栗就会主动说："我给周先生做顿饭吧。"

周先生固然说好。入室的女学生给老先生做饭，也算是执弟子礼嘛。覃栗是南方人，会做蚝油扒菜心、清炒小河虾，有一次居然还弄了一盆煮干丝——她当然是有

备而来，专门打听到了学校西门外的菜市场有卖金华火
腿的。而覃栗下厨的时候，刘芬芬就只能在一旁看着
了，同时带了鄙夷的神气，笑话覃栗不知道鸡精放在哪
个罐子里。是了，再一回想，一个女人，一个女孩，她
们在周先生家碰面的时候，气场就是不对付的。覃栗是
文化人那种淡泊的礼貌，分明暗示她对一只猫一只狗都
可以礼貌，而刘芬芬则是直率的轻蔑，倒茶的时候，从
来没有覃栗的份儿。

难不成她们两个暗暗打起了攻防战？局势上是覃栗
攻，刘芬芬防，场面上却是刘芬芬攻，覃栗防。而不论
谁攻谁防，周先生那本该青灯黄卷的斗室，都成了脂粉
纷飞的战场。

接下来的半个月，经过周先生的观察，印证了自己
的这个猜测。覃栗来上课的时候，刘芬芬也来得远比平
日要早，甚至像是扔掉了缪老师那边的活儿，擅自偷跑
到周先生家来效忠的。而刘芬芬一进屋，覃栗那安静的
眼神下，自然而然地就散出几道精光来，压都压不住。

两人在周先生的眼皮子底下明争暗斗。为了"治"
刘芬芬不给倒水的臭毛病，覃栗出了奇兵：拿来一对
"从老家带来的"精瓷茶杯，杯上印着纳兰性德的词。

周先生授课时，她把两只杯子往他面前的茶几上一放："先生用这个。"然后将周先生惯常用的玻璃杯收到底下去。刘芬芬再来倒水，就不好只倒一杯了，而那两个泛着柔光的瓷杯，却像覃栗一方埋到战场上的两颗小地雷，让刘芬芬如鲠在喉。但是刘芬芬也有回敬的法子。她虽然丢失了书房的战场，却要坚守住厨房这个重要阵地。当覃栗又一次走进厨房，准备给周先生炖一锅笋干老鸭汤时，却发现酱油没有了。不单是酱油，连盐罐子也见了底。覃栗只好到教工宿舍院子对面的超市去买。而覃栗刚一下楼，刘芬芬就粉墨登场了，她不知从什么地方把佐料一应俱全地摆出来，然后手脚麻利，将老鸭放到高压锅里红焖，笋干则剁成末泡一泡，直接炒豌豆。等到覃栗从超市回来，刘芬芬的菜已经上桌了：

"厨房里正好有菜，我顺手就做了。"

家里这个局势，周先生作为唯一的仲裁方，却也不好劝。或者说，他不愿意劝——她们两个斗归斗，但都对他格外好。或者说，她们的斗，就体现在如何对周先生好。这个他不光看在眼里，而且吃在嘴里。话说回来，"看"比"吃"还要受用许多倍呢。他一个老人，吃又能吃几口！

所以"吃"就不提了，光说"看"方面的好处吧。覃栗的方法是请周先生看书。他发现，在授课的过程中，覃栗的问题明显多了，东一个西一个地冒出来，有时候还念不完一页，就有几处不明白。有些问题，明明不属于需要向周先生问的，比如"杯觥交错"的"觥"应该读什么——且不说一个研究生应不应该连这个字都读不出来，就算真不认识，查字典不就行了吗？可是覃栗偏要歪着小脑袋，抿着小门牙，甩一下小辫子，请周先生帮个小忙。周先生就明白了，覃栗让他看的不是书，而是人。在一片书香气的娇媚态度中，人也朦胧地更漂亮了几分。除此之外，覃栗还把周先生家的几盆花伺候得很好，吊兰本来都快干死了，又被她弄活了，翠绿地垂下来，正好与她捧卷的姿态相得益彰。阳台上还有一株海棠，花骨朵还没长出来，覃栗却对它吟诵道："偷来梨蕊三分白，借得梅花一缕魂。"这甚至是让周先生"看"他看不到的意境：海棠开花，《红楼梦》，妈呀，林黛玉嘴上衔着两只小铲子。

假如说覃栗提供的看，是清新文雅的"看"，那么刘芬芬就是荤香十足了。劳动妇女的方法总是来得更直接些，一言以蔽之：穿得少。时候正好是夏天，她索性一律无袖装，以张飞赤膊战马超的气魄来应战，甚至有两天，连远不适合她这个年纪的露脐装都穿出来了。小肚子上那圈儿不多也不少的软肉固然让覃粟气愤地鄙夷，但却让周先生想起了电视里那个教肚皮舞的女教练。她还有意无意地当着周先生弯腰，擦桌子或者捡东西，在这个动作之下，无论从前面还是后面"看"，都有意外收获。

而且周先生的耳朵也闲不住。两个女性简直有围着他说话的架势，左耳朵还是"人生若只如初见"呢，右耳朵就是"哎呀老爷子晚上烧个肘子吃吃吧"。周先生却也不嫌吵，他惊讶地发现，自己同时接受不同信息的能力特别强。当然啦，说到底只有一个信息：到这边来吧，先生，这边风景独好。

周先生情不自禁地飘飘然了。他为自己的飘飘然而惭愧，但又翻过来想：有谁能在这种攻势下淡漠如初呢？除非是一个老得连烟儿都快熄了的老人——而周先生虽然老，但可没那么老。更令他感叹的是，老了老了，福分倒来了。民国那娘们儿说得好，男人生命里都有两朵玫瑰，一朵红，一朵白，他对她们的态度，取决于他娶了哪一个。当红的变成了蚊帐上的蚊子血，白的还是床前明月光，当白的变成了衣服沾的饭米粒，红的仍然是胸口上一粒朱砂痣——不能两全。然而他周先生倒好，非但同时拥有了明月光和朱砂痣，而且明月光是长久的明月光，朱砂痣也是不褪色的朱砂痣，断然不会变成饭米粒和蚊子血。美好的事物能够永恒，只有一个原因，就是欣赏美的人即将逝去。说到底，还是因为周先生老了，他是占了老的便宜。

不过情形和感慨之余，周先生还是被一个念头惊出了一身冷汗：他何德何能呢？覃栗和刘芬芬对他，称得上是过分地尽心了，其中的原因，固然有她们自己竞争的结果，但她们争的又是什么呢？身无长物一个老头儿，至今还打着校订亡妻遗稿的幌子，到海外的学术基金会骗零花钱，他对于她们有什么价值可言呢？

周先生意识到，是得分析一下她们的动机了。这虽然痛苦，但作为当事人，他必须得想清楚。他毕竟还没有老到对什么都可以糊涂的那个份儿上。刘芬芬那里很好说，一个保姆，要保住自己的外快、钱包儿，覃栗的介入使她感受到了威胁，她生怕这个入室女弟子会用免费的服务把她的差事给"抢"了。而覃栗呢，覃栗可是主动找上门来的啊，她到湖边的小径上看自己写字，她又托赵埔说项，引荐到自己这儿来读研究生，她可明明是在"盯"着他周先生啊。自己又有什么吸引了她？风度？才学？还是缅怀亡妻那优雅而伤感的形象打动了这女孩儿的心？覃栗有知识，还是念文学的，或许这样的姑娘偏偏特别欣赏老年人身上的魅力？学校里娶了年轻学生的老家伙是颇有几个的，这是活生生的例子，再引经据典一些，歌德不是在八十岁还有一个十八岁的情人么……

这样一想，周先生的三魂六魄都荡漾了起来。此时覃栗正在他身边读着明先生的旧作呢，她歪着头，一条松散的辫子斜搭在肩上。小铲子固然还在，整个儿人也干巴了些，但是在周先生这把年岁的人这儿，只要年轻，就足够所向披靡了。刘芬芬那样丰硕的肉感，他恐怕还消受不了呢。看着覃栗，周先生又不禁抬起眼皮，瞥了瞥明先生的照片，心里默默地说：多亏了你啊。

然而周先生并没有立刻行动起来。他又不是毛头小子，他懂得即使要试探一下覃栗，也是要等个契机的。而这契机并不需要他周先生去费神，覃栗和刘芬芬自己就会创造。

机会果然出现的时候，周先生还嫌它来得太快了些，而且也太猛烈了些。

事情还出在厨房里，隔了一个礼拜，是校庆纪念日，退休的老先生凭着工会发的票儿，可以到服务部去领一只鸡，两条黄鱼，一箱芋头，还有油、米若干。东西自然是刘芬芬领回来的，可是要做的时候，正在看书的覃栗忽然站起来："晚饭我来做吧，先生也换换口味。"

说完，她拉开双肩包，从里面拿出另一套东西来，分别是盐、糖、鸡精，还有大瓶的生抽酱油。自备调料，就不怕刘芬芬把家里的藏起来甚至一天换一个地方了，而覃栗这么做，则可被视为新的一轮猛烈攻势。她要夺取长期被刘芬芬霸占、割据的厨房，从而宣布对周先生家的全面统一。

这自然激起了刘芬芬的不满。她的脸似乎都鼓了一圈儿，看着周先生求援。而周先生此时却是支持覃栗的，他的首要目标是覃栗嘛：

"覃栗要做饭？那好，我们都给你打下手。"

当然，周先生的"打下手"是口头的，真正动手的还是刘芬芬。刘芬芬只好照办，同时以一言不发的服从来表明自己的态度。覃栗安排她洗菜、削芋头，这一切她都阴着脸做了。

然而到芋头焖鸡下锅的时候，情况就失控了。掌勺的是覃栗，她等到刘芬芬把杂活儿做得差不多了，才慢悠悠地系上围裙，行使她今天对厨房的控制权。怪也怪在她到底还是年轻，明明已经大获全胜，何必再说那许多话呢？她一边把自己带来的调料撂在桌上，一边说起年岁大的人，口味越淡越好，盐、糖都是大忌，清清淡淡最好，而不知怎么，又绕到她们亲戚家的一个保姆身上去了：

"一个星期的账单里，居然要开三包盐六瓶酱油，到用的时候，又总说没了，傻子都能看出来是在做假账。"

就是这句话把刘芬芬惹急了。她也没有当面发作，而是等到锅里的油都热了，把鸡块放进去的时候，才往厨房外面走去，擦身而过的一瞬间，用肩膀顶了覃栗的背一下。覃栗正在挥铲子，一个站不稳，差点把锅也给碰翻了。翻虽然没翻，几滴滚油却溅在了手臂上。

覃栗登时哭叫起来，其惨烈如丧考妣。周先生正在外屋看报，听到空袭警报，立刻飞马赶到。他首先诧异于一个娴静的女孩儿怎么会有如此激烈的表现，简直像变了一个人。随后他又想：可见覃栗和刘芬芬的梁子结得不浅。梁子越深，他老人家肩上的担子也就越重啊。

周先生就说："咳，怎么搞的！"没有主语，但明显是冲着刘芬芬去的。刘芬芬却昂然地扬起一张脸，以一种近乎野性的挑衅反观覃栗。她的意思很清楚：我就是故意的，怎么着吧？

覃栗就此失控了，她彻底忘掉了一个研究生、未来知识分子的风范，忘掉了古典文学和纳兰性德，她变成菜市场中可以和人动手的野丫头了。她竟然抄起开了瓶的生抽酱油，朝刘芬芬掷过去，而后也不管有没有命中目标，掉头就走。

覃栗呜咽着跑出了周先生家，周先生立刻追了出去。离开厨房的那一瞬间，他瞥到刘芬芬抬头挺胸地站着，身上是一片浓墨重彩的酱油。不知为何，周先生觉得她挺立如塑像的姿态倒像一件艺术品，定格在他脑子里了。

然而主要任务还是追覃栗。周先生腿脚慢，因此颇追了一会儿。不过他感到自己正在离某个隐约的、幸福的目标越来越近，双脚竟然格外有力，步履欢欣。这十来分钟，实在堪称周先生老年生涯的快乐顶峰。

他是在教工宿舍区的小花园里找到覃栗的。她斜坐在凉亭的藤萝架下，左手握着烫伤的右臂，仍在抽泣，然而仪态却回复到那个娴静的女研究生了。和刘芬芬那尊立体的"雕像"相比，覃栗则像是一幅油画。周先生慢慢地走进画中，坐到覃栗身边，沉吟了一会儿，说：

"跟她那种人，置什么气！"

覃栗没说话。他又说："手烫着没有？我看看。"

覃栗便伸出清瘦的一条胳膊，倒不知展示给周先生的是烫伤还是胳膊本身了。周先生却两者并重，轻轻地握住胳膊，低头，用嘴去吹那上面被油烫出来的浅痕。

这一吹，覃栗就震颤了。她想要把胳膊抽回来，却被周先生牢牢地攥住。周先生尽兴地又吹了几下，然后才抬起眼来和覃栗对视。这已经不是老年人的眼神了，但也不年轻，洋溢着死灰复燃的温度。

但周先生没想到，他还没开口，覃栗就惊慌失措地告诉他："我不能对不起赵老师。"

覃栗的声音很大，近乎于喊。这让周先生觉得她在刹那间离他很远。而"赵老师"三个字一出口，她离他也的确远了。

现在就轮到周先生震颤了："赵老师……赵埔？你

们是——"

覃栗点点头。周先生仿佛借了方才内分泌上头的余勇，此刻脑子也不是老年人的脑子了，转得飞速，一瞬间就把前因后果都想清楚了。是啦，赵埔和覃栗要不是师生恋，他怎么会如此积极地专程把她推荐到自己这里呢？而且此举对于他们来说，一定还是一着周到而长远的妙棋呢：老头子最好说话，又不会出什么"事"，而且覃栗还可以从周先生这儿搞一份"参与整理明先生遗著"的推荐信，再从海外的基金会那儿申请资金，去美国和赵埔团聚呢……

那么说，当初她看自己写字，也是早计算好了的？周先生只恨自己忘了赵埔去年刚离婚。

这样电光石火地想了许多，等到周先生回过神来，覃栗已经不在眼前了。是她跑掉了吗？不不不，是周先生自己跑掉了。他失魂落魄地走在回家的路上。也就是在这时候，周先生发现自己是多么不甘心老去啊。

于是就发生了那桩后来在学校里广为流传的丑闻：周先生回到家，恰好撞到刘芬芬从卫生间走出来。她的头发、脖颈乃至膀子都湿漉漉的，散发着温热的气息。她还穿着周先生的一件纯棉睡袍，虽是男人的衣服女人穿，但因为周先生过于瘦小而刘芬芬过于饱满，她的身体反倒像个熟透了的桃子似的，果肉从毛茸茸的表皮下鼓胀出来，流着汁水。周先生几乎是想也没想，就像斗鸡一样伸出一双干枯的手，向那具刚刚洗掉酱油的身体抓了过去。

他这么做的时候，无疑是气急败坏的。同时他想：让苍老来得更猛烈些吧，赶紧让自己老死算了。顺便，去你妈的古诗词、无字书吧，去你妈的纳兰性德。

请我吃盘猪头肉

上午十一点多了，耿老金才从床上坐起来。他穿上裤子，从床底下拽出两个竹筐来。自行车就停在床边，他用一只生锈的铁钩子把竹筐挂到后座上，然后推开门，把自行车抬到门外面去。

木板街上的太阳已经很亮了，照得寿衣店门口的几串纸钱像玉兰花一样白。耿老金被晃得翻了翻白眼，抬起一条腿跨到车上，放了一个屁，就势骑起来。他一边骑，一边懒洋洋地喊：

"酒瓶子、旧报纸、破衣服换钱——！"

才走了半条街，忽然有人喊他：

"耿老金，你他娘的还没死啊。"

耿老金先响亮地吐了一口唾沫说："你他娘的才要死。"然后右脚才踢到一只门墩上，看见曹秃子站在麻将馆的门口，夹着一支香烟笑嘻嘻地说：

"你现在才出门，我还真是担心你睡着觉就咽气啦。"

耿老金说："你知道个屁。我是为了省一顿饭。"

曹秃子继续笑嘻嘻："还他娘的省呢，你数数，你还剩几顿饭可吃？"

耿老金也笑了，但是他说："我跟你娘都商量好啦，我们好歹也得给你添个弟才能死。把她交给你这个不孝子，我不放心啊。"

两个人你一句我一句地骂着，来到街东头邮递员陈春明家开的小饭铺吃午饭。耿老金坐到门外的桌子上，用筷子戳着桌面，对陈春明的老婆蔡小芬说：

"一碗麦虾，一盘豆腐丝。"

蔡小芬是个长着一对霸道胸部的女人，她咧着嘴说："麦虾两块五，豆腐丝一块。"说完从锅里盛出一碗麦虾，撂到桌上。耿老金凑近碗口看了看，忽然叫起来：

"你们家的麦虾是越来越少啦。"

蔡小芬说："怎么少啦？从来都是这么多。"

耿老金把碗举到蔡小芬的胸前说："你比比，你比比，原来的碗和你的一只奶子一样大，现在呢？小了快一寸啦。咱们低头不见抬头见的，这样又何必呢？对了，你干脆用奶罩盛麦虾算了吧，那绝对足斤足两。"

曹秃子说："你真是老花眼啦，蔡小芬什么时候戴过胸罩啊。"

耿老金诧异地说："怪啦，你怎么知道的？"

蔡小芬一边说："怎么嘴像狗屁眼一样臭。"一边舀起一勺面汤，朝他们脚下泼过去。两个人早已经跳开，耿老金摇着头说：

"可惜啦，可惜啦，这么一对大奶子，嫁给一条瘸腿。"

曹秃子说："陈春明的腿瘸，鸡巴又不瘸。再说陈春明的妈不是蔡小芬她妈的妹妹么。"

蔡小芬哼了一声，刚要说话，忽然听到里屋传出摔摔打打的声音，她赶紧扭到屋里去了。耿老金追着她说："我的豆腐丝还没有来呢。"里面传出来窸窸窣窣的响声，还有一个女人拖长嗓子唱歌的声音，但是没有人理他。他就到凉菜柜子前转了一圈，忽然扯着脖子问：

"哎呀，猪头肉怎么卖？"

蔡小芬马上吼道:"你他娘的要是敢动猪头肉,我就把你的嘴缝上。"

但是蔡小芬还没有跑出来,她的女儿陈艳已经甩着两只手跑到外面,她歪着脑袋,嘴角上挂着唾沫,好像唱歌一样喋喋不休地说:

"麦虾两块五,馄饨一块,油饼五毛,豆腐丝一块,花生米一块五,凉粉一块五,猪头肉三块,口条三块,花生米一块五……"

耿老金摇摇手说:"别唱啦,我他娘的哪吃得了那么多东西。"

陈艳还在说,同时脖子一伸一伸的:"啤酒两块,二锅头两块五……"

蔡小芬这时候追到门口,看见一群人正在围着陈艳笑嘻嘻地围观,耿老金咧开嘴,忽然有一股白花花的液体从他门牙中间那个巨大的洞里呲出来,正好落到一盘格外肥的猪头肉里。蔡小芬后悔莫及地跳起来,向耿老金冲过去:

"耿老金,你也太欺负人啦。"

耿老金说:"谁看见啦?谁看见我吐啦?"曹秃子他们哈哈大笑地说:"没看见,没看见。"于是耿老金端起那盘肉说："算啦，有人糟蹋了一盘肉。反正也卖不出去了，我也不嫌它脏，白给我好了。我今天就不吃豆腐丝啦。"

蔡小芬一下子坐到凳子上，恨恨地说："耿老金，你趁着陈春明不在欺负我一个女人有什么本事，你就吃吧，你吃完了拉不出屎来活活憋死。"

这时候陈艳还在不停地说，她不断地点着头，已经把菜谱背到第二遍了。耿老金一边往嘴里塞猪头肉，一边对曹秃子说：

"你看，你看，蔡小芬的女儿有一个地方和她娘很像，你知道是哪里？"

曹秃子说："奶子呗。你他娘的还能看哪里。"

耿老金说："对啦，她们母女两个都是一边说话，奶子一边颤来颤去。"

曹秃子说："蔡小芬可惜，她女儿也可惜，长了那么好的一对奶子，可是一看就是兄妹生下来的孩子。"

这时候蔡小芬终于哭了起来，她在凳子上哈着腰，拍着大腿说："你们欺负人没个够啊，我要是个男人，就跟你们拼啦。"

耿老金看到她真的哭了，搔搔脑袋说："好啦，好啦，不就是一盘猪头肉嘛？我不是白吃，算我赊账好啦。"他一边去推自行车一边说，"等我儿子回来，让他还你的钱。"

　　耿老金从饭铺出来，到附近的几条街上一圈一圈地溜着。今天的收成不太好，快到中午的时候，他只捡到了十来个塑料袋和三个酒瓶子，还有从旅馆二楼吹下来的一件破背心。看来又得骑上五里路，到临海城外的垃圾场去一趟。耿老金的自行车和他一起叹着气，一歪一扭地穿过两条街，往南骑过去。一会儿来到了县文化馆，录像厅里面放着武打电影，一个香港女侠在和几个男人搏斗，他们的声音从大喇叭里吼叫出来。耿老金侧着耳朵说：

　　"妈呀，谁家的床上有这么大的声音！"

　　但是他马上眼睛一亮，跳下地，把自行车靠在文化馆的铁门上。原来这里摆出了几张露天的台球案子，一伙穿着肥大西裤的年轻人正在骂骂咧咧地打球，球案的脚下站着那么多的啤酒瓶子。一二三四五，耿老金数了数，足足有二三十个，真他娘的能喝，他们要是撒起尿来，简直能冲塌一堵墙。这样就不用去刨垃圾场了。耿老金跑到年轻人中间说：

"啤酒瓶子卖不卖？"

可是喇叭的声音太大了，没有人听见他说话。他扯着嗓子又喊了一声，但在呵哈呵哈的吼叫声里，就像一只苍蝇一样。耿老金第三次喊的时候，几乎跳了起来，却又在半空中捂住了自己的嘴。他自言自语说：

"别喊啦，没人看见我吧？"

他朝周围看了几眼，年轻人们都在注意台球，比赛进行得很激烈。耿老金偷偷弯下腰，爬到他们脚下，抱起三个啤酒瓶子，又忙不迭地爬了出去。他把瓶子放进竹筐，再爬进去。他在人腿的森林里进出了几个来回，竹筐里的翡翠越码越高。但是在他第七次爬出来的时候，忽然背上一沉，回过头来，一个光着膀子的小伙子一脚踩在他的背上，几个人把他围在中间。

"你们看看呀，有一只老王八正在偷酒喝。"

还有一个人低下来，摸摸他的脑袋说："你他娘的倒挺机灵。"

另两个人已经走到自行车旁边，一五一十地数了一遍，向这边汇报说：

"一共二十一个。"

踩着他的小伙子用脚跺了跺他说："再加上你手里的三个，一共是二十四个，你他娘的一共偷了二十四个啤酒瓶子。"

耿老金盘算了一下说："不对，应该是十八个，我本来有六个。"

"是么？"那个小伙子说着，一个一个地问他的同伴，"你喝了几个？三个。你呢？两个。现在是五个了，你呢？"

耿老金在地上叫起来："别数啦，我想起来啦，二十一个。我只有三个。"他想站起来，但是对方没有松脚的意思。他只能撅着屁股拿出钱来，数了十块零五毛钱，递上去。谁想到上面一只手打下来：

"谁他娘的说我们要卖啦。我们不卖。"那只手拿起一个啤酒瓶子，哗啦一声砸到墙上，"我们要听响。"

耿老金伸着脖子喊道："别摔啦，别摔啦，五毛钱没有啦。一块钱没有啦。"

又是一声响："一块五。"

忽然有又一个声音也说："别摔啦，哪儿有这么糟蹋东西的！这样好啦，你不是喜欢爬吗？那你就爬吧。围着桌子爬一圈，就拿走一个瓶子，计件工资。"

耿老金低着头，咬咬牙说："你们也他娘的太欺负人了。我儿子可是耿德裕。"

年轻人们互相哈哈大笑起来："耿德裕？就是你操出了耿德裕？"

耿老金说："对啦。"

他们说："既然你操出了耿德裕，那就更得爬啦。你听好，现在你不是为自己爬，而是在替耿德裕爬。"

耿老金还没有动弹，肋骨上早挨了两脚，不由得爬了起来。他爬了几步想要逃走，但是每次抬起，都看见一个松松垮垮的裤裆。年轻人们向他屁股上、肋上、肩膀上踢着，其中一个警告他说：

"不要再提耿德裕啊，否则我就要骑着你爬。"

同时告诫自己的伙伴："你们看看啊，当年耿德裕多风光，谁多看他一眼，就要被他捅上一刀，你有没有被捅过？你有没有？我当然没有，我他娘的早就想捅了他啦。不过现在看来，做人还是不要太出风头啊，想想自己的爹吧。"耿老金的脑袋又被摸了两下，"儿子不积德，老子当王八呀。"

耿老金低着头，一圈一圈地爬着，太阳照在他的脖子上，好像照在一排荒芜的田埂上。过不了多会儿，他爬得越来越慢，两条胳膊直打晃，汗水顺着脸下来，眼泪直接落到地上。他小声地、呜呜地哭着，脑袋也在发晕，有几次脸都蹭到地上了，但是还不敢停下来。过路的人们奇怪地看着他，但是看到那几个浑身刀疤的年轻人，又赶快走开了。而年轻人们却早不注意他了，他们又开始为了台球你一句我一句地骂起来，迷迷糊糊之中，耿老金认为每一句都是在骂自己。这样直到每个人的影子都变成了一个小圆圈，才有一个人忽然叫起来：

"妈呀，他还他娘的在爬呢。"

另一个人说："他是不是觉得这个工作不错啊，想要把我们这一年的啤酒瓶子都爬下来？"

一根台球杆子捅捅耿老金："你一共爬了多少圈啦？"耿老金抬起头来，他们看见了一张汗水、眼泪和泥土杂拌在一起的脸，他像狗一样呼噜呼噜的，也不知道在说什么。

"既然你也说不出来，那我们也没法给你多退少补了。这样吧，"一个人蹲下来，向台球桌底下把手一挥，"我们又喝了七八个，加上以前的那些，都是你的啦。"

耿老金靠在台球桌腿儿上，谁也不顾地呜呜哭着。

等到打台球的那些人都走远了，一个看球桌的十五六岁的孩子才跑过来对他说：

"你快找个凉快的地方哭吧，再这么坐着就要中暑啦。"

耿老金听话地爬起来，把地上的啤酒瓶子一个一个地捡到竹筐里去。手和脚好像都不是自己的了，尤其是手心和膝盖，像被煤球烫过一样。但是啤酒瓶子一共有二十八个，全都没有花钱，耿老金数了两遍，觉得胸膛里舒服了一些。可当他低下头，看见裤子上的两个大洞时，马上又流出眼泪来，咬牙切齿地说：

"操你妈的，我要是王八，你们就是王八蛋。你们等着吧，我儿子一回来，我让你们一个一个地爬过来，舔我的鸡巴。"

他刚要推自行车，马上又停住，捡起一块石头在文化馆的墙上画了一个三角，对那个小伙计说：

"我得记住这个地方，别等到我儿子回来就忘了。"

说完跨上车，可是小伙计却跑过来，拉住他的车把。耿老金说：

"干什么？"

小伙计一只手遮着太阳，懒洋洋地说："给钱吧。"

耿老金说："给谁钱？给你钱？你今天早上吃屎啦？"

小伙计拖着长音说："对啦，吃屎了行吧？不过也没办法，这些啤酒是他们在我们这儿喝的，喝完了啤酒瓶子也是我们的了。你是收破烂的吧？你要拿走，那就得给钱。五毛钱一个，二十八个，十四块钱。"

耿老金说："行，行，二十八个。"却忽然一把推开对方，蹬上车子就跑，但还没骑起来，马上又被拉住了。小伙计扑上来，一边掐着耿老金的喉咙，一边揉着胸口说：

"没给钱就想跑？你别以为我好欺负。"

他虽然瘦得像柴鸡一样，耿老金还是被掐得喘不过气来，连连往外吐唾沫。最后他只能从兜里掏出四块钱来说："就这么多啦，要不你就掐死我算啦。"

小伙计抓过钱，边走边说："他娘的，你的命可真够贱的，就值四块钱。"

耿老金的眼泪又涌出来，他一边喋喋不休地骂人，一边又跳下车，用碎砖头在那个大三角旁边画了一个小三角："我也记住你了，等我儿子回来你也跑不掉。"

小伙计头也不回地挥挥手："我知道，你儿子就是那个抢了人家钱，又把人家奸杀了的那个耿德裕吧？那个女人我还见过呢，就是大肥腿陈爱芝对吧？你记着吧，反正谁知道你儿子现在是死是活，就是活着，他敢回来才怪。"

他把耿老金甩在身后很远了，还在自言自语地说："抢劫就抢劫，还强他妈的什么奸啊！"

耿老金回到家里洗了把脸，把身上的泥土拍干净，才感到不只是手和膝盖，全身都像涨潮一样一阵一阵地疼。他仰倒在床上哼哼了一会儿，就睡着了，再睁开眼的时候，天都快黑了。他打着哈欠，眼泪汪汪地说：

"我怎么这么能睡，是不是真的要死了？"

他慢慢地出了门，往陈春明家的饭铺走过去。这个时候饭铺外面没有两个人，陈艳正坐在门框上睡觉。耿老金坐到中午坐的凳子上，有气无力地用筷子戳着桌面说：

"一碗麦虾，多放点醋。"

蔡小芬翻着白眼，根本不说话，捞了一碗麦虾摔到他面前。耿老金也不抬头，竖起筷子吃起来。

他正吃着，曹秃子也来了，他第一句话就是："耿老金，你的裤子怎么啦？"

耿老金说："我摔了一跤。"

曹秃子说： "啊呀，那就坏啦，你只有一条裤子呀。"

耿老金打起精神说："我虽然只有一条裤子，可是还有两条裤子可以让我脱下来，一条是你娘的，一条是你老婆的，只管脱，不管穿。"

曹秃子哈哈一笑，对蔡小芬说："来一碗酸菜粉，让你闺女送到我那儿去。"又转头对耿老金说：

"我听说今天在文化馆有一只乌龟绕着桌子爬，爬了一下午，你看见没有？"

耿老金气闷了一下，说："没看见。"

曹秃子哈哈大笑起来："那里又没有镜子，你当然看不见自己。"耿老金把头埋到碗口，曹秃子又拍着他的肩膀说：

"今天晚上来不来？"

"去，去。"他头也不抬地说， "反正我也睡够了。"

曹秃子走了以后，耿老金继续吃着饭，他越吃越觉得闷，就对蔡小芬说："蔡小芬，蔡小芬。"

蔡小芬还是不搭理他，自顾把酸菜粉盛好，踢踢陈艳的脚，她女儿猛然抬起头来说：

"麦虾一块，猪头肉三块。"

蔡小芬说："酸菜粉两块对吧？送到麻将馆去，把钱带回来。"

耿老金说："你女儿都认识票子啦。"

蔡小芬还不说话，耿老金又说："都是街坊，咱们记什么仇啊。"

他还是听不到蔡小芬答话，但是又好像听到她正在小声地骂人，忽然感到愤愤不平了。这个时候陈艳正端着碗，一摇一晃地往街对面走，耿老金就伸出腿，朝她脚上踢过去。陈艳一个趔趄，汤洒出来很多，但是她又不敢松手，就站在原地大哭起来。蔡小芬拿着一条毛巾来给她擦干净，回过头来已经看见凉菜柜上的猪头肉里多了一摊白色的东西，耿老金歪着头，阴险地笑着。

蔡小芬一个箭步冲过去，把那盘猪头肉往地上一摔，吼叫了出来：

"这次我就是喂狗吃，也不喂你吃。"

而耿老金的嗓子眼里嘿嘿笑着，把桌子上垫的废报纸拿起来，弯下腰去一块一块地往里捡那些肥肉，嘴里还说：

"一样，一样，我回家去洗一洗，照样吃。你既然扔了，就不能管我要钱了啊。"

他这个时候才恢复了扬扬得意的样子，但是屁股上马上挨了一脚，失去了平衡，仰面朝天地滚到地上。蔡小芬真是一个强壮的女人，她一下子坐到耿老金的肚子上，为他挤出了一串虚弱的蔫屁，然后用她皮肉乱颤的胳膊卡住他的脖子，歇斯底里地说：

"我叫你吃，我叫你吃。"

耿老金咳嗽着，看着蔡小芬那对巨大的乳房就在他的鼻子上相互乱撞着，几乎要把自己想象成一个呛奶的婴儿。但是他刚一张开嘴，蔡小芬就把一把裹着泥土的猪头肉塞到他的嘴里，塞了一把，又是一把，耿老金一边咳嗽着，一边被迫咽着，刚开始还能尝到肉味，后来就只有泥土了。他摇晃着头，口水和泥土一起从嘴角流出来，流到耳朵里，而蔡小芬还在重复着：

"我叫你吃，我叫你吃。"

耿老金想，坏啦，这娘们真是要把我整死啦。他刚想要叫出来，忽然听到一个人喊道：

"干吗？"

蔡小芬这才回头，看见陈春明背着邮包站在身后，一肩高，一肩低，好像很雄壮。耿老金趁势从她的裤裆底下爬出来，蹲在地上一边干呕着，一边用手指头抠着油汪汪的耳朵。

蔡小芬看见她丈夫，才哭起来。她响亮地擤着鼻涕，震得耿老金的脑袋里嗡嗡响，她说：

"陈春明，我还没当寡妇呢对吧？可他就这么欺负我。他明里是欺负我，实际是欺负你。这件事你要是不管，你就是耿老金的孙子。"

耿老金也爬起来说："陈春明，你喂不饱你家的狗，也不能放它出来咬人对吧？你干不动你的老婆，也不能让她到街上强奸对吧？刚才你也看见了，是你们家蔡小芬把我按到地上，又不是我在按她，她要流氓也该找对人啊，我都六十八啦。"他说着说着，好像心里的委屈也被蔡小芬的眼泪激活了，脖子上的筋就一抽一抽的，也要哭起来。

这时候蔡小芬抄起一个盘子就砸到耿老金的脑门上。耿老金像站在大风里一样，挥舞着两只手往后退了几步，才去摸脑袋，一摸就摸到了一把血，于是他马上坐到地上，还没有说话，就看见蔡小芬叉着腰，居高临下地说：

"耿老金，你他娘的听好了，自己家出了什么事，就别厚着脸皮说别人啦。去年八月份，你儿子才抢了人家的钱，又把人家干了，强完奸还把人家给掐死了对吧？你儿子才是强奸犯。政府抓着他，就会把他的鸡巴剪掉。我要是政府，头二十年就应该把你的鸡巴也剪掉，省得弄出来这么个畜生。你记住了，你们父子俩都是他娘的畜生，你说说，你还活个什么劲。"

耿老金瞪圆了眼睛听她说着，忽然像小孩一样号啕大哭起来，唾沫和油拌着泥土重新流出来，这一次是在他皱皱巴巴的胸脯上慢慢蠕动。他的两排牙齿发出咯吱咯吱的声音，恶狠狠地对蔡小芬说：

"你他娘的记着，等我儿子回来，我让他再把你给操了，操完你再操你女儿。"他说着爬起来，用碎瓷片在饭铺的墙上画了一个巨大的三角。

这次蔡小芬还没有跳起来，胳膊却被拉住了。陈春明拽着老婆，对她说：

"算啦。"

蔡小芬说："你说什么？"

陈春明抓住她的肩头说："算啦。"

蔡小芬在他的胳膊里跳了起来，对着他的鼻子说："你还真怕他儿子回来？就是回来，操的也是我，又不是操你。陈春明，你他娘的到底是不是男人？"

陈春明的指甲猛地掐到蔡小芬的肉里，硬把她往屋里面拽过去。蔡小芬像奶牛一样乱踢着，但还是被他一步高一步低地拽进去。耿老金又在外面骂了几句，就呜呜地哭着走了，远远地还能听见他对围着看的人吼叫：

"连你们也操掉！"

陈春明到屋里刚一松劲，蔡小芬就甩开他的手，但她还没说话，陈春明就对蔡小芬说：

"抓住啦。"

蔡小芬说："什么抓住了？"

陈春明说："就是耿德裕，耿老金的儿子，在广东给抓住啦。"

蔡小芬张了一会儿嘴才说："真的？"

陈春明从包里拿出一张法院的通知单，指着上面耿老金的名字说：

"还能有假？"

蔡小芬没有说话，拿起扫把出门去扫地上的碎瓷片，看看墙上那个大三角，也没有擦掉它。陈春明出来

对她说:

"一会儿我给他送过去。"

耿老金走到没人的地方,发现自己还在大声地哭,就摇摇头说:"我怎么一哭就收不住了?"他回到家里坐了一会儿,还是决定到麻将馆去。这天晚上他的手气很不好,每摸一张牌都要骂一句。他朝对家的曹秃子说:

"真他娘的不该来,今天我倒霉啊,光挨打就挨了两次。"

打到半夜,曹秃子站起来说,看着可怜巴巴的耿老金说:

"好啦,我看你的钱也差不多啦,算账吧。"

他说着,到门口的桌子上拿起一个计算器来,摁了半天,对耿老金说:"你今天输了七十七块钱。"

耿老金一听,立刻像公鸡一样叫起来说:"不可能,我们玩的不是五毛钱算起的吗?"

曹秃子笑嘻嘻地说:"今天我们这儿改规矩啦,两块钱算起。"他指指墙上贴的字条,"看见没有?"

耿老金说:"你他娘的干什么不告诉我?"

曹秃子说:"你自己没长眼啊。不管啦,牌桌上面没朋友，我可不管你倒不倒霉，我开这个生意就是要靠它吃饭呢。你肯定没带够钱吧？没关系，"他朝门口招招手，走出来两个十七八岁的小伙子，"我们到你家里去取。"

耿老金被他们跟着走回家，从床铺底下拿出一沓钱，数出七十块来给他们。曹秃子说："还有七块呢？"

耿老金说："你可怜可怜我吧，把零头去了吧。"

曹秃子说："行，行，给你打个折。你到寿衣店里去转转吧，棺材是买不起啦，不过你还可以自己给自己买点纸钱。"

他们走了以后，耿老金躺在床上睡也睡不着，他觉得今天太倒霉了，好像一块石头卡在喉咙里。他又爬起来，开门出去，正好碰见陈春明。陈春明说：

"老金，我刚才还去麻将馆找你呢。"

耿老金横着脖子说："干吗？你是不是又想揍我啦？"

陈春明说："哪儿有，哪儿有。我来问问，身上有没有出什么毛病。"

耿老金说："真他娘的奇怪啦，你又不是我儿子，怎么关心起我来啦？"

陈春明说："咱们都是街坊，有点过节也不算什么对吧？你别记恨蔡小芬，她就是那么个娘们儿。"

耿老金说："我没记恨她，行了吧？"

陈春明拉住耿老金说："来，到我那儿去吃夜宵吧。"

耿老金跟他回到饭铺，蔡小芬低着头给他盛上来一碗馄饨，一盘花生米，打开一瓶啤酒，想了一想，又给他端过来一盘猪头肉。陈春明给他倒上啤酒，耿老金拍着大腿叫了起来：

"你们他娘的怎么变得这么好？"

陈春明抿抿嘴唇说："冤家宜解不宜结对吧？"

耿老金说："说得对，说得对。不过这也太快了吧？"

陈春明咽咽口水，指着猪头肉说："吃肉吧。"

耿老金一边说："奇怪。"一边夹起一筷子放到嘴里，一边嚼一边对陈春明说：

"还是猪头肉好吃，我今天都吃了三顿猪头肉了，一点也不腻。"

他们一边吃，一边喝啤酒，到后来耿老金的话越来越多，陈春明心不在焉地哼哼哈哈着。耿老金说：

"陈春明，你他娘的是个老实人，老实人，蔡小芬虽然有点泼——蔡小芬你别不爱听啊——不过也是老实人。我在木板街住了这么多年，只有你们夫妻谁也不招，谁也不惹。绝对不是因为你们请我吃饭，我才夸你们，不过既然你们请我吃了饭，我更要夸夸你们：你们一家子都是厚道人。"

他又说："不过你们太老实了，老实加老实，生个孩子就有点儿傻啦。"

陈春明咧着嘴笑，他的右手一直放在兜里，又拿出来，又放进去，又拿出来。耿老金还在说：

"傻就有点吃亏，连我都敢欺负你们，更别提别人了。不过没关系，等我儿子回来，我对他说，你们照顾我，就谁也不敢惹你们了。"

蔡小芬这时候走过来，捅捅陈春明的背，耿老金说：

"蔡小芬，你也过来喝两杯吧，反正别人都走了，不要一到晚上就催陈春明。男人想来的时候，你不让他来他也要硬来，要不然怎么有人强奸呢？不想来的时候，你怎么催他他也没兴趣，要不怎么有人阳痿呢？"

蔡小芬干笑了两声，又捅捅陈春明。耿老金说："你到底想说什么啊？"

陈春明回头看了她一眼，又立刻转过头来说："你的裤子破了，让蔡小芬给你补补吧。"

耿老金啊地叫了一声，就摊开手说："那你就过来脱吧。"他马上又说："算啦，算啦，反正天也凉快了，我把它剪成短裤好了。"

他又不停地说了半天，但是发现陈春明的心好像不在这儿，有的时候叫他两声，他才答应一句。耿老金说：

"陈春明，看来你是想来了吧？"

陈春明窘困地笑着，耿老金就站起来说：

"那我就不打搅你们啦。"

他抬腿就走，却发现陈春明也跟上来，就搓着胸脯说："你他娘的跟着我干什么？我又没有这个。"

陈春明又一瘸一拐地低着头转回来，耿老金最后总结说：

"我走啦。猪头肉真他娘的好吃，我要是当了皇上，顿顿饭都吃猪头肉。"

耿老金走了以后，陈春明才叹了一口气，把那张法院的纸往桌上一拍。蔡小芬埋怨他说：

"你怎么啦？直接给他不就完了吗？"

陈春明说："我还没给人家送过这种信呢，这是第一次，我他娘的紧张啊。"

但是第二天中午，耿老金听到有人敲他的屋门，打开一看，是两个警察。其中一个问："耿老金对吧？"

耿老金说："是我，政府。"

警察纳闷地说："你也坐过牢啊？"

耿老金说："没有，政府。"

警察说："那你怎么这么叫人？"

耿老金说："我听我儿子这么说的。"一说到儿子，他的腿忽然就软了起来。那个警察还在给他解释：

"我们是法警，狱警才叫政府呢。"

另一个警察不耐烦地说："别说啦，快上车吧。"

耿老金还没问，就让两个警察拉到外面停的面包车上。车开起来，第一个警察才想起来，问他：

"你带钱了没有？"

"多少钱啊？"

"两块五。"

耿老金颤颤巍巍地问："干什么呀，政府？"

对方点上一支烟，抽完一口才说："买子弹。"

他们把车开到地方之后，耿老金的腿连迈都迈不动了，是两个警察架着他的胳膊，把他抬下车来，扶到办公室里，从牛皮纸袋里拿出几张纸来让他签字。耿老金攥着笔，还在哆嗦，警察问他："你没接到信啊？"

耿老金两眼模糊地说："什么信？"

警察说："法院的信啊，早就该到了。"

耿老金这才明白了，他跪到桌子底下，拼命地挤着眼泪。警察把文件收好，拍拍已经哇哇哭出来的耿老金说："你就不要去看了吧？"

耿老金说："我就有一个儿子，为什么不能去看？"

他们出门又走了几分钟，就望见远处的操场上跪了一大排人，但是远远的谁也看不清楚。耿老金的身边不断涌过来看热闹的人，一些警察懒洋洋地把他们又轰出去，只把那些不断哭号的人放过去。等到他走到操场旁边，听见大喇叭里说了一句什么，那边就已经开枪了，那些家属们也没有听清楚是谁的名字，就集体扯大了嗓门，用尽最大的力气号啕了一阵，再打一枪，又哭叫了一阵，再打一枪，还是如此。每一次不管打的是谁，都引起所有的家属一起哭号。耿老金一边跟着他们哭，还听到一个警察说：

"这次怎么这么早就开枪了？"

等到枪都响完了，那个警察就对大家说："过去认一认吧。"

耿老金抬起头，看见那些犯人都变成手捆在背后，朝天撅着屁股，脸朝下趴着。那里面有一个就是他的儿子。一个法医正从那些屁股前走过去，用一根小铁棍往打出来的窟窿里捅一捅，看看是不是真的打死了。耿老金又走了两步，忽然掉过头，往操场外面走出去。一个警察追过来问他："你不看啦？"

"不看啦，我他娘的不看啦。"他摇着头说。

耿老金一个人慢慢地走回临海城，天已经黑了。这个时候他都不知道为什么哭了，只觉得每走一步，胸膛里的骨头都会喀啦喀啦地响。他变成了一个没有知觉的人，低着头，贴着墙根，像一条饿过了头的狗一样走着。一直走到县文化馆门口，他才认出到家的路来，这时候又看见那些让他爬来爬去的年轻人，大喊大叫地围成一圈，他也不躲开他们，径直走过去，但是忽然看见这一次被他们围在中间的正是陈春明的女儿陈艳。她被他们按坐在地上，那些小伙子正在捏着她的鼻子，让她仰起头来，往她的嘴里灌啤酒。一瓶啤酒很快就倒光了，洒到陈艳的身上，把衬衫都浸湿了，露出她乳房清晰的轮廓来。年轻人一面紧跟着倒下一瓶啤酒，一面把无数只手放到她的乳房上抓来抓去，惊奇地叫着：

"为什么啊，为什么她娘的这么大啊？"

陈艳不断地晃着脑袋，好像一只鸭子在地上摇摆着，她被迫大口大口地咽着啤酒，肚子像怀孕一样鼓出来一大块。耿老金本来想就这么走过去算了，但又停住脚，看见陈艳翻着白眼，已经没有黑眼球了。他想往人群里冲进去，但是立刻又转回来，往木板街跑过去。

他气喘吁吁地跑到小饭铺，喊道："陈春明呢？陈春明呢？"

陈春明围着围裙，从屋里跑出来说："干什么？"

耿老金说："你快去看看吧，有人正在给你女儿灌啤酒，一边灌，还一边摸，弄不好现在已经轮奸上啦。"

陈春明立刻跑进去，拿起一把菜刀跟着耿老金跑出去。他跑得一跳一跳的，好像骑在一匹马上。

他们把陈艳抬回来的时候，她还在不停地呕吐。那么多的啤酒，就像泉水一样从她的嘴里涌出来，在地上画出一条望不到头的线来。打了胜仗的耿老金右脸明显比左脸胖了一圈，他挥舞着刚才陈春明拿的菜刀，还在不停地砍杀空气。两个男人把陈艳像半扇猪一样放到桌子上，互相拍着肩膀，往对方脸上呼着气。还是蔡小芬打断了他们战友的情谊，眼泪汪汪地对耿老金说：

"多亏了你啦，耿老金，多亏了你。"

耿老金挥挥手说："没什么。"但他这时候忽然想起什么来，就对陈春明说：

"给我信吧？"

"什么信啊？"陈春明愣愣地抬起头来看着他说，他的一只眼睛像熊猫一样，嘴角上还留着一条血道。

耿老金说："别藏着啦，我今天都到刑场看过啦。"他说完，立刻就重新号啕大哭起来，把脑袋往陈春明的肚子上撞过去，"你他娘的干吗不告诉我啊，你他娘的为什么不给我啊！"

陈春明讪讪地说："我还没有送这种信儿的经验。"

耿老金根本听不见他说话了，整个街上的人都听见他在哭，围过来看着他。耿老金哭着哭着，忽然间抬起头，站起来说：

"算了，也不能怪你，反正你给不给我信，他们都要枪毙。"

陈春明的衣服上已经黏糊糊的一大片了，他说："我现在给你拿去。"

耿老金却像机灵鬼一样笑了："我看都看过啦，要那个还有什么用？"

蔡小芬又说："耿老金，你节哀，千万别想不开！"

陈春明也说："就是，就是，人死了就不能活过来了，你节哀吧，耿老金。"

耿老金一步一步地走开去，又回过头来说："我只有一个儿子啊。"

一连三天，陈春明都没有看见耿老金。他对蔡小芬说："耿老金不会出什么事儿了吧？"

蔡小芬说："那你就去看看他吧。"

陈春明说："我连信都不敢给他，哪儿还敢去看他！"

但是第四天，陈春明还是到耿老金家去了。他敲敲门，没人应，又敲了一会儿，也没人应。他心里像被绳子勒了一下，想：不会真有什么事儿了吧？就把脸凑到门缝上向里看，这个时候门忽然打开了，耿老金只穿着一条破裤子，对陈春明说：

"你是不是在闻我有没有臭掉啊？"

陈春明说："都好几天没有看见你啦。"

耿老金说："你别担心，我还不想死。你有什么事？"

陈春明说："你三月份往广东寄的五百块钱没人领，又退回来了。"

耿老金说："你他娘的真是报喜不报忧，我们家死人了不告诉我，送钱反而来得这么积极。"

于是他们两个人骑上自行车，往邮局走过去。陈春明一直在看耿老金，耿老金说：

"你老看我干什么？"

陈春明说："不看什么，你的精神好像还不错。"

耿老金说："难道我非要上吊不可？"

再骑了一会儿，耿老金又开始看陈春明。陈春明说：

"你看什么？"

耿老金说："我发现还真是这样，你一腿长，一腿短，骑车的时候就一下快，一下慢。"

他们到了邮局，耿老金把钱取回来的时候忽然又哭了起来，他扒着陈春明的肩膀说："就是啊，死人哪儿会接到汇款啊。"

但是他马上又不哭了，挥着手说："反正我儿子也用不上了，咱们就替他花了去。"

耿老金把陈春明拽到商场，给自己买了一条新裤子和两件衬衫，又买了一根金色的圆珠笔给陈春明别到上衣口袋里，路过副食店的时候，他还进去买了两瓶白酒。然后对陈春明说："反正我有钱了，我请你吃饭吧。"

陈春明说："不用了，你慢慢花吧。"

耿老金说："我老占你们家的便宜，应该请你吃饭。"他晃晃酒瓶子说，"不过我吃惯了蔡小芬做的饭，还是觉得你们家里的饭好吃，咱们还是到你那儿去吃吧。"

陈春明说："既然是到我家里，那就我请你吧。"

耿老金摇着脑袋说："别他娘的废话啦，你们家也是饭馆，是饭馆我就能请客对吧？这五百块钱是我三月份寄的，往后我还寄出去两千块钱呢，我儿子跑到哪儿，我就往哪儿寄五百，估摸着那些钱也得回来。我现在比你有钱，你就别跟我争啦。"

他们回到小饭铺，耿老金气势汹汹地对蔡小芬说："炒菜，一个接一个地炒菜，我今天要在这儿请你们家陈春明吃饭。"

陈春明说："你再说请，我他娘的就不吃啦。"

耿老金坚决地说："我说了请，就是要请，你就别废话啦。"

那天中午，耿老金和陈春明喝掉了一瓶半白酒，吃掉了一只鸡，一盘猪头肉，还有整整一桌子菜，两个红通通的男人在饭铺门口不停地争着说话，让蔡小芬端这端那。耿老金打着嗝说：

"我儿子死了，我刚开始挺伤心，后来一想，有什么可伤心的？他他娘的是个浑蛋，比我年轻的时候还要浑，对我比曹秃子对他娘还要坏。我还要给他寄钱，让他从山西逃到贵州，从贵州逃到广东，我他娘的苦啊，省吃俭用地让他到外面逍遥，早知道这样，还不如我去强奸呢。这么个东西忽然没有了，我觉得是件喜事，对不对？"

陈春明说："对，对，是件喜事。"

耿老金说："对啦，我他娘的解放啦，喜事，是喜事就好。"他一边笑，一边流眼泪，陈春明伸出手去想把那些眼泪擦掉，但是他的手好像不是自己的了，拍在耿老金的脸上，就像打他的耳光一样。而耿老金也不觉得，还在不停地说：

"从今往后，我自己挣钱自己花，我前二十五年没享上当爹的福，以后就要自己给自己当儿子，就像儿子伺候爹那样伺候自己，把亏掉的给补回来。你觉得好不好？"

陈春明说："好，好。"

耿老金喋喋不休地笑着说，还在滔滔不绝地流眼泪，最后两个人都趴在桌上，一动不动地看着对方。看了一会儿，耿老金忽然站了起来，扶着桌子走到凉菜柜子前面，闭起一只眼睛，瞄准了半分钟，才从嘴里龇出一道口水，落到一盘猪头肉上。他回过头来说：

"咱们说好了啊，这桌子饭，还有酒，都是我请你的，只有这盘猪头肉不能算钱。"说完就拎起一块，放进嘴里去。

陈春明抬起头，笑嘻嘻地说："早知道你他娘的还是这样，我昨天晚上就应该往那里面撒泡尿了。"

「三个男人」

这个月，芳华喜欢过三个男人。其实以前也不是没喜欢过男人，比如说，半年前，她就喜欢过街口修自行车的小黄。小黄的个子虽然矮，但是脸庞的轮廓很周正，干活的时候嘴里好像咬着一股劲，两边的咀嚼肌鼓起来。芳华喜欢他鼓着咀嚼肌专心修车的模样。还喜欢过烟草专卖店的刘陆，刘陆虽然卖烟，但是不抽烟，而且收了顾客的钱，却不允许他们在店里就把烟点上。他说要保证房间内的空气清新。芳华就是喜欢他这种有原则的性格。

　　为什么偏偏要说十月份的这三个男人呢？因为这三个和以前她喜欢过的那些，有了总体性的变化。过去芳华喜欢的，都是年轻的男孩，不超过二十五岁，无论是咬着嘴做事的样子，还是执意不允许在店里抽烟的原则，本质上都带着三分孩子气。而这三个男人，他们的长相和说话的方式虽然各不相同，但有一个共同的特点，就是整个人扎扎实实地定了型。那是类似于根叶广茂的树木的稳定感，和攀在墙上的藤蔓植物自是不同。也就是说，芳华开始喜欢成熟的男人了，这对于她来说，的确是一个值得纪念的变化。来到这城市北部的这片新区住了三年，芳华觉得自己长大了。

她明年就满二十了。

先说第一个男人。芳华"喜欢"上他，是在早晨六点钟。这个时候，整条街的商铺只有芳华的小卖部开了门。她早早醒了，坐在床上发了会儿呆，觉得不营业也没事可做，便掀开了铝合金店门，让小卖部的五脏六腑一致对外。她也不饿，只是口干，就打开一瓶可乐，把塑料管捅进去吮，一口下去小半瓶。

这个时候，第一个男人就从小卖部斜对面的小区走了出来。那小区是新盖好的，房价据说不便宜，但具体有多贵，却又是芳华根本不去考虑的。她只觉得被晨露洗刷了一遍，那几栋二十多层的塔楼分外鲜明亮眼。小区里的人家大部分还在睡觉，因此第一个男人早早往外走的姿态，就显得颇为孤单。他还拖着一只巨大的拉杆箱子。

芳华带着麻木的专注，远远地盯着那男人看。他的个头可不高，头发倒还浓密，只是太浓密了些，反而压得身量更显矮了。他往她的小卖部走来。

进店一看，脸是乌黑的，脑门的皱纹像是钝刀子划上去的。这男人买了一盒牛奶，还让芳华放到微波炉里转一转。微波炉正在响，他又说：

"你早上最好也喝热牛奶。老喝这个要伤胃的。"同时看向芳华手里的可乐。

听了这话，芳华就觉得微波炉的声音像几百只苍蝇在同时叫。以前店里只有她一个人的时候，小黄和刘陆他们也会过来搭讪，但所说的话题，不是手机里下载了什么新歌，就是湖南卫视的女主持人到底要嫁给谁，何尝有人关心过她的胃。

大早上的，芳华的周身好像被热水烫过，暖和而熨帖。一句话竟然有这样大的能量，这是芳华始料未及的。微波炉叮玲一响，她拉开塑料门，要把牛奶拿出来，那男人低沉的声音又传过来：

"别烫着。"

那一瞬间，芳华就决定，干脆"喜欢"他好了。她两个指头捏着牛奶盒子，小指却向上跷，迅捷地将它捏出来，放到男人面前。

"不烫。"芳华邀功似的说。

男人伸手搭在牛奶盒上，把脉似的探探温度，然后小心翼翼地撕开包装，吸吸溜溜地喝起来。他的手粗壮得很，但却出奇地灵活，并不浪费任何一个微小的动作。芳华觉得他像老家那边的手艺人。

"有没有三五？"男人问了个香烟的牌子。

芳华回答："没有。我们这里只有中南海。外国烟得到东边第三家的烟店里去……"

"那赶不及了。"男人抬起手，边看表边说，"急着赶飞机。"

芳华看了看那条汗毛茂盛的胳膊，又顺着胳膊垂下去的角度，瞥了一眼立在地上的拉杆箱子，登时感到遗憾。她才刚刚决定喜欢他，他就要出远门。他走了，留给她一个空空荡荡的念想，那滋味可不好受。芳华又想起一年半以前，"喜欢"过一个眉清目秀，却有点儿兔子牙的男学生的事情。那次就是刚决定"喜欢"，男孩却到外地读书去了，此后再没回来过。芳华年纪虽轻，但因为"喜欢"的人多了，也称得上饱经创伤呢。

男人掏出两张票子："赶时间，中南海就中南海吧……来两条。"

"中南海也分几种，有五块的和十块的。"

"劲儿大的。"

芳华就弯下腰，露给男人半边白脖子，从柜台底下拿出两条烟来。然后她问："出差呀？"

"对，先去上海。"

"上海也有卖烟的，没必要买这么多。"这就不是做生意的态度了。

男人说："到了上海就要转船，去海上。"

先"上海"，再"海上"，男人的这句话让芳华感到滑稽。那么要去多久呢？这恐怕就取决于男人烟瘾的大小了。要是一天一包，不到一个月就回来了。要是一天一根呢？哼，长了。

芳华不甘心似的多问一句："到海上干什么呢？"

"工作。开船运货。"男人有点漫不经心地看了眼芳华，用说闲话的态度问，"你们的店……什么时候搬到这条街上的？"

"都三年了。"

"我也搬来两年多了，怎么从没见过你似的？"男人嘟囔一句，麻利地扯开拉杆箱子的侧兜，把烟塞进去，然后站起身来往外走。

芳华想说"再见"，但看着男人在通红的晨光中变小的背影，又决定不开口了。她才"喜欢"上他，他就有了两条罪状：第一，转眼就要离去，不知何时能回；第二，居然对芳华全无印象。就算他经常出门，并不怎么到这条街上来买东西，但那也不能成为芳华原谅他的理由。她可是已经决定"喜欢"他了呢。芳华又受了一次伤害，目送着男人远走。

要不……不要"喜欢"他了？芳华这样想。先"要不"，后"不要"，这句话也很滑稽。而这一次"喜欢"从始至终，才多长时间呢？一盒牛奶的时间。自己是不是有点太过轻率了呢？就算是游戏，也不能这么玩儿啊。太不认真就不好玩儿了。

芳华"喜欢"男人的游戏，具体是从什么时候开始的，她也忘了。大概是刚坐到这个小卖部的柜台后面就有端倪了吧。那个时候，她刚被从乡里带出来，进了城，见到了无数以前只在电视里才有的光景，惊异于一条街上川流不息着如此多种类的人。但是很快，芳华却发现即使进了城，却依然只能像看电视似的看光景。柜台是二十四小时不能离开的，就连睡觉也只能睡在那后面……除了上一次进医院，她从未走到过两里地以外的地方去。而在医院除了四面苍白的疼，也再没别的印象了。

街口的公共汽车站，对于她来说是无用的摆设，电视机倒是万万少不得的。很快，芳华就把每个电视台的节目时间表背了个滚瓜烂熟，反复重播的言情剧更是看了无数遍。哪个男主角睫毛最长，哪个大反派最狡猾，她都了然于心。而芳华知道电视剧是假的——拍得假，演得假。既然是从假里面找乐子，为什么她不能再进一步，把银屏里的"假"带进生活中来呢？这个想法，真是一个破天荒的进步。她零零散散能见的男人也有许多，挑出最顺眼的，在心里和他演一场戏，戏里面有一见钟情，有百转千回，有肝肠寸断——这比电视剧要有意思得多。更奇妙的是，一旦在心里拍起了言情剧，芳华眼前的城市，就仿佛被收进了摄像机的镜头，变成假的了。而电视里放出来的城市，却反而像是真的了。

作为内心戏的导演、编剧兼女主角，芳华必须去"喜欢"某个男人。"喜欢"的时间可长可短，但人却一定要看着顺眼。死心塌地地"喜欢"那人一阵子，过一阵闯进来一个新的，旧的也就可以抛到一边去，反正是假的，不必有愧疚之心。更轻松的是，所有的"喜欢"和"抛弃"，都是芳华心里的事情，只要她脸上不动声色，就没人知道，连当事人也无法指责她什么。

这个秘密的游戏就这样保存了下来，帮助芳华把日子填满。所有的日子里，她究竟"喜欢"过多少男人呢？自己也数不清了。这说起来有点不好意思，显得她太贱了，像猪拱食一样不挑不拣。但是芳华也理直气壮："喜欢"一下怎么啦？又没真做什么。她甚至还有三分自得。电视剧里的女人必须从一而终，她的爱情生活却如此丰富多彩。

重质不重量，那是在现实中谈恋爱的原则；既然是独个儿发骚，那就多多益善吧。迄今为止，芳华还是一个快乐的花痴。也是因为轻率，她的游戏才能玩下去。

本月的第二个男人，是在第一个男人出远门的三天之后出现的。和第一个男人相反，他在晚上走进了小卖部。那天下着小雨，路灯早已亮了，芳华正歪着脑袋，看窗户里一团团橘色的光晕。此时正处于芳华喜欢男人的空白期，这让她的生活索然无味。第一个男人还没哑巴到味儿就走了，而那男人留给芳华的后遗症，是使她无法再心仪于常在街上走来走去的年轻小伙子。

正在失落之间，雨打门帘啪啪响，吱扭一声，进来一个瘦高个儿。他的脸瘦长，头发也长，还打卷儿，淋湿了贴在脑门上。这男人穿着有点邋遢，棉布裤子上全是皱纹。但周身却透出一股文气，倒像这邋遢也是精心设计出来的了。更吸引芳华的，还是男人身后背的一只说箱子不算箱子、说匣子不算匣子的容器。那东西也长长的，黑色油布面儿，下面宽上面窄。芳华本能地猜想里面装的是一件乐器。

男人问："有没有红酒？"

"哪种红酒？"

男人伸着脖子，隔着柜台往货架上看。小卖部里只有两种红酒：一是国产的"长城"，五十块钱一瓶；二是不知道什么牌子的外国酒，一个贩酒的老乡放到店里寄卖的。因为是外国字，芳华就擅自给后者定了高价。

"要那种。"男人指着外国字说。

"一百……二。"芳华提醒他，"长城只要五十。"

"就这种。"男人数出钱来给她。她注意到男人的手指也是瘦长的，整洁干燥，动作敏捷。它们仿佛成天都在动，但从来没正经干过活。

芳华登时有点于心不忍。她意识到，又一场新戏要在自己的脑子里上演了。她还忽然想起，电视剧里有一类叫作"艺术家"的男人，和眼前这位很相像。

于是她擅作主张："半价给你了——反正也卖不出去。"

"那谢谢你。"

芳华便侧脸瞥着这男人，将酒从货架上拿下来。踮着脚尖取酒的时候，她很注意留给他一个足够赏心悦目的曲线。她先天地认为，对方会在心里暗暗评价小卖部售货员的动作是否优美。然后，她又抄起抹布来，将酒瓶上的灰擦干净。

但这就是一个自作聪明的动作了。男人的眉头蹙了一蹙，看着芳华手里那团乌黑的、一件男式跨栏背心改做的抹布。意识到这一点，芳华心一慌，酒瓶险些掉到地上。

好在天公作美，窗外忽然哗啦一声，雨在一瞬间大了起来。男人的注意力从抹布上挪开，换了一副可怜的表情："你们这儿……有没有伞？"

芳华关切地摇摇头。然后她又安慰对方："天气预报说这雨下不久的，大概一会儿就停。"

男人只好将那巨大的黑盒子立在地上，人也靠到门框上，眼睛半闭，好像在养神。他既然静默，就把原先开着的电视声音凸现了出来。芳华听着湖南卫视的主持人说着废话，迟疑了一下，伸手把电视关了。

这就是一个很明确的表示了，芳华用这种方式告诉那男人，她想跟他说话。男人果然重新睁开眼，看她。屋里只剩下了雨的声音，让两人都有些尴尬。

还是得芳华先开口。"你来这小区办事？"她问。

"对。找人。"男人说。

"找什么……啊不，找人干吗呢？"

"拉琴。"

"你那盒子里装的是琴？"

"大提琴。"

"大提琴和小提琴的区别，就是大提琴要大吗？我见过小提琴。"

男人笑了一笑："可以这么理解。"

"你是拉大提琴的？"

"我在乐团工作。"

"靠这个能吃饭？"

"都吃了十来年了。"

你一句我一句，居然说了十来分钟。至此，芳华捕捉到了这男人的许多资料：他是一个乐手，从音乐学院毕业的，如今住在市中心一家乐团的宿舍里。拉他们这种大提琴的最有名的人，现在是一个叫马友友的。可是眼前这男人也对马友友提出了很多批评，认为他的"灵感"不如一个英国女人来得强烈。很遗憾，那个英国女人已经死了……越说到后来，男人的话就越多越密，让芳华惊讶。他明明看起来是那种沉默的人，可一开了口就滔滔不绝了。当然，他说话的内容，还是围绕着他的琴、他的演奏和他的"艺术"。

只差一步，芳华就要邀请这男人为自己拉上一曲了。也许她在电视上听到过大提琴的声音，但却从来没有意识到那就是眼前这个黑盒子里装着的乐器。但是很遗憾，雨停了。

男人好像也诧异为什么说了这么多，他重新回到了刚进门时的木讷、羞涩的表情，说："再见。"

"拿着你的酒。"芳华并不难过地说。她提醒自己：假如是为了脑子里的"戏"搜集素材的话，那么她已经完成任务了。她对他建立了相当丰厚的认识——身高、表情、语调……至于他叫什么名字之类的，那才用不着呢。

接下来的工作，就是在夜里完成的了。芳华将小卖部的铝合金门拉下来，关了灯，躺到柜台后面的床铺上，平心静气地凝了会儿神。"情节"便泛上来了：就是在一个雨天，一个文气而落魄的大提琴手走进了她的生活，因为雨，他离不开了，便沉默地为她拉起琴来；现实里的雨停了，但想象里的雨还在下，大提琴手似乎因此有了借口留在这里，地老天荒地继续演奏……

为什么为我拉琴？芳华问他。

因为你的命苦。大提琴手说。

芳华就在自己幻想的剧情里哭了起来。所以我比别人更需要音乐呀，她既无声又响亮地说。

与第一个男人的转瞬消失不同，在接下来的一阵子，第二个男人几乎天天在芳华眼前出现。有时是背着琴匣从店门口快步走过，有时进来买一点东西，比如说，蜡烛。那天听到他要这东西，芳华抬头往街对面的高楼望了望："没停电呀。"

"有用。"第二个男人眼里含着懒洋洋的笑意说。

仗着下雨那天两人有过一番对话，算是熟络了起来，芳华问："干吗用？"

"吃饭。"

吃饭需要蜡烛？芳华没反应过来，觉得不可思议。她下意识地从柜台后面拿出一包马粪纸包着的白蜡来。

第二个男人瞥了一瞥："有没有别的？"

"这不是蜡吗？"

"我是说……稍微有点造型的。"

"造型？"芳华理解，他是说这蜡得稍微有点儿"长相"，光秃秃一根白可不行。她想也没想就说："出门右拐，街头医院对面有家寿衣店，那儿的蜡烛长得不一样。有老寿星的，有盘龙的……"

第二个男人失声而笑："有到寿衣店买蜡烛的吗？"

男人离开后，芳华才反应过来，所谓"吃饭用的蜡烛"，就是烛光晚餐呀。她在电视上看见过这个场面的。烛光晚餐得配上音乐，而那男人自己就是拉大提琴的。她居然还让人家到寿衣店去买蜡烛，这不是傻吗？

芳华又浮想联翩了起来。很自然，她把自己当成了烛光晚餐的女主角——餐桌就摆在对面小区高楼里，某一间客厅的当中,窗外是满城灯火,屋里只留一盏火苗。晚餐吃什么呢?大概不能是油饼和包子。芳华的想象力也无暇顾及那么多,反正有烛光和琴声就足够了。对面还得有一个长发、懒散、斯文透顶的男人。

这一番内心戏排演得十分过瘾,也让芳华提醒自己,下次与第二个男人打交道的时候,得多留一点儿心,别让人家看笑话。于是,当男人来问她附近哪儿能买到花的时候,她就聪明多了。

"我听人说,门口那趟车的终点站,就是一个花鸟鱼虫市场。"

"有多远?"

"不清楚,七八站吧。"

"那来不及了。"男人怅然地垂了垂眼睑。这种男人就是有这个本事,芝麻大点儿遗憾,在他脸上会被放大成无比的惆怅,又怎么能不让人生怜呢?

于是,在男人即将离开的时候,芳华从后面喊:"下次来我这儿买好了。我们店也要进花儿了。"

"什么时候?"

"就下次……你要什么花?要多少?"

"百合。每次一枝就够了。"

芳华记下了他的话。晚上香烟店的刘陆又来找她搭讪，她就请他下次出门送货，顺便带些百合花来。她详细问了百合的价格、批发的起卖数量、泡在水里能活多少天，然后掐指一算："八块一枝？那先来十枝好了。"

因为百合花的缘故，第二个男人走进小卖店的次数就更频繁了，也有了规律。花就插在一个剪了嘴儿的可乐瓶子里，泡了水放在柜台下面，外人来了看不见，只有他来了，芳华才从中抽出一枝来。男人接了花，递过十块钱，芳华用指头捻两个一块的硬币放回他手里去，交接就此完成。她不赚他的钱，她赚了他别的。

音乐、烛光、百合花。傻子也看得出，第二个男人是来和一个女人约会的。但对这场爱情里真正的女主角，芳华却全不嫉妒，反而心生感激。她知道那女人一定很漂亮，并且很有风情，因此才能吸引得一个懒散的男人如此锲而不舍。也正因为男人对那女人身上下的功夫，才令芳华的游戏有了今天的栩栩如生。芳华是他们爱情的受益者，他们的恋爱谈得越用心，她的"喜欢"也就越动心。能这么想，也是芳华的聪明之处。

然而没过多久，第二个男人也消失了，整整一个星期都没出现。百合花还剩下三枝，已经在可乐瓶里度过了最为繁茂的时刻，花茎都软软下垂了。顾客都是过客，但迄今为止，这是芳华排演的最生动、最投入的一场内心戏了。她的"喜欢"方兴未艾，于是她生出了委屈和埋怨，她还觉得自己心里有一部分被人挖走了。

难不成，她对这个男人的"喜欢"已经超越了游戏的范畴，成了真正的"喜欢"了？芳华心里一紧，提醒自己：这可不成。

也就是在这个当口，第三个男人来到了芳华的店里。

这个男人的派头，可不是前两个能比的。那天下午，芳华正在发呆，门口"吱呀"一声，停了一辆黑色的奔驰车。车上下来三个男人，都是小平头，身穿黑西装。他们对车里点一点头，就摇晃着肩膀往马路对面走去了。

奔驰车却依然堵着芳华的门口。车子也没熄火，尾气的味道渐渐飘进了店里。更重要的是，芳华正在望着对面的小区想事情呢。车这么一停，黑乎乎地把窗子遮挡了一大半，坐在柜台后面的芳华就看不真切了。

在平日的情况下，芳华是断然不会与开这种车的人争执的。但是这几天不同，她的心里正在发空、失落和烦躁，也就管不了那么多了。她从柜台后面走出去，气势汹汹地站在奔驰车的车头前，如同训斥一只硕大的动物：

"你挡着我的门口啦。"

车里还有两人，司机的座位上也是一个小平头，司机旁边则是一个光头。光头不吭一声，看着芳华的眼神如看空气。司机却不干了，他霍地蹿下车，横着膀子拉开架势，倒吓得芳华往后退了两步。

但是芳华嘴上还说："有你们这么停车的吗？让人怎么进出？"

光头却忽然一乐，也走下车来，亮出一米六出头的矮小身材。他露出饶有兴致的表情，查看了一下奔驰车停放的位置，然后转过身去，对着车头挥挥手。司机没看明白，伸着脖子等他的进一步指示，他又挥挥手。他的动作像在驱赶一只动物。

司机这下懂了，钻进驾驶舱倒车。小卖部门口那巴掌大的一方地面重新被露了出来。光头却并不回到车里去，而是走进芳华的店里，四顾一周，从墙角拽出一把方凳来，垫在屁股下坐好，脸冲着窗外，看着对面的小区。

芳华已经回到了柜台后面，这时看着光头的背影，又生疑起来。她说："你坐在这里干什么？"

光头简要地回答："看看。"

芳华翻了个白眼，也不理他，任由对方坐在那儿"看看"。这一看，就是小半天。光头挺着腰杆端坐如钟，连后脖颈子都是笔直的。他站着的时候显得矮小，一坐下，竟然给人以高大、健硕的感觉。后来芳华感到无聊，把电视打开，声音开得很大，光头也置若罔闻。有客人来店里买东西，乍一进来被他吓了一跳，他仍然纹丝不动。

就这样到了晚上，街上的路灯亮起来了。芳华也习惯了一个男人的背影牢牢地戳在面前，尽管这场面实在古怪。一旦习惯，她就有了再和对方说点儿什么的念头。

于是她说："你耽误我的生意啦。"

光头男人头也不回："怎么耽误了？"

"你像门神似的往这儿一坐，谁还敢进来？"

"你们这儿视野好，能看见对面。"

"你到底看什么哪？我这儿有什么好看的呀？"

男人却问："你这店，每天流水多少？"

"五百……怎么着也得有六百。"

男人不答话，从怀里掏出一沓钱来，啪啪啪数了八张，放在窗台上："算我包场了。"

这举动着实让芳华吃了一惊。她几乎是蹑手蹑脚地走过去，从窗台上把钱拿走，动作如同猫在主人眼皮子底下偷食。同时，她斜眼瞥了瞥男人的脸，只觉得他不光没有表情，甚至连五官都是模糊的。他就像一尊尚未打磨成型的石像。

拿了钱，芳华的态度就不得不软了下来。她开始问光头别的话：

"喝水吗？"

"不喝。"

"饿吗？旁边店里有盖饭，能送过来。"

"不吃。"

"你不抽烟？"

"不抽。"

人家一连串的"不"，搞得芳华讪讪起来。光头却又添了一句："谢谢了。"

这足以让芳华受宠若惊。这天晚上，光头坐到了八点多钟，忽然掏出电话，拨了个号码说："今天就到这儿。"

外面的奔驰车轰鸣一声，重新发动，光头站起来就走。街对面，几个小平头横穿马路，沉默地跑向车子。

芳华心里有预感，这个男人明天还会来的。他坐了几个小时，什么事情都没干，可见来他这里的目的并未实现——尽管芳华并不知道他的目的究竟是什么。而这天晚上躺下来的时候，芳华却对光头有了异样的感觉。倒也不是对方给了八百块钱，而是因为他对她的态度：让挪车就挪车，说耽误生意就给钱，问喝水抽烟还说谢谢。光头对芳华很和善，而这和善比别人的和善来得更有价值。比如说第一个男人和第二个男人，他们也都很和善，但是他们那样的人本该和善，而这个光头呢，怎么看都没必要对一个小卖部的售货员和善的。出乎寻常的和善更让人心存感念。就像芳华老家的村里，有个五保户，邻居问他吃饱穿暖了没，他会满嘴抱怨，有一天副县长来视察，也问吃饱穿暖了没，老头儿登时就哭了：

"饱在心里，暖在心里。"

这样的感念有点儿贱，但不妨碍它是感念。循着这份感念，芳华的念头进一步活络了起来，她的内心戏又要开演了。这个光头，就变成了这个月以来她所喜欢的第三个男人。一个月就仨，也太频繁了一点，但还是那句话，因为是游戏，也就无所谓了。

依着第三个男人的样貌，芳华把她的"戏"设计得非常刺激：他是一个江湖中人，混黑道的，但是铁汉柔情，邂逅了红颜知己，也就是她自己啰。这样的故事是从 20 世纪 90 年代的香港电影里借鉴过来的，结局多半凄惨：不是男的为了女的死，就是女的为了男的死。又砍又杀，又缠绵悱恻，非常过瘾。一晚上间，芳华就给自己设计了好几种死法：被车撞死，掉到海里淹死，在爆炸中化作飞灰……无论怎样死，留给故事男主角的，一律是撕心裂肺的痛楚。她想象着第三个男人面无表情的脸被血光映红，两行热泪奔涌而出，自己的心也像刀绞一般。

芳华缩在被窝里都快哭了。她忍不住联想到了自己的生活，联想到了自己被人从老家带到这个城市来的经历。她甚至想：死了才好呢。

夜里经历"生死"，早上却还是觉得活着比较重要。

活着才有可乐喝，活着才能在心里编戏、做梦和"喜欢"男人。尽管睡得少，但第二天，芳华的精神却非常饱满，盯着窗外两眼放光。她想：第三个男人下午会来吧？这个时候，她已经把第二个男人给忘了个精光。芳华是多么薄情啊，这也是她在"游戏"里的特权。

第三个男人果然来了，还是下午，还是那辆奔驰车，还是光头锃亮。而他一进屋，就看见小卖部已经收拾停当了：窗前摆着方凳，方凳旁有一个简易茶几，茶几上摆着一瓶矿泉水。此外，还有一束花，是那三枝剩下来的百合。花都已经将近败谢了，花瓣上有了黄渍，但好歹也是个装饰。

第三个男人细细打量那花，问芳华："你买的？"

芳华朗声答道："上的货，没卖出去，剩下了。"

第三个男人问："有人买？"

芳华道："那当然。"

第三个男人眨了眨眼睛，嗓子眼深处"唔"了一声，就大大咧咧坐在方凳上，腰背笔直。坐了十来分钟，他又从兜里数出八百块钱，放在茶几上："今天的，还包场。"

芳华便坐在男人的身后，看他的光头生辉，亮如太阳。她心里发暖，想和这个男人说话的愿望越发涌上来。她只恨这男人太过沉默，并不像第二个男人那样爱说。不说话，她就无法进一步猜测对方，从而把她的戏编排得更加饱满。好在芳华不急。日复一日，还有的是时间，假如第三个男人也像第二个男人那样，在她的小卖部往来个七八次，就不信他永远是一尊模糊的石雕。

可是芳华想错了。第三个男人没有长期坐在小卖部里的必要，他只等了两天，就完成了任务。当天天色才刚刚见暗，凄凉的晚风沿着街道卷过去，男人的手机响了。芳华正在柜台后面睡眼惺忪地发愣，登时条件反射地直起腰来。

第三个男人不慌不忙地接通电话："堵到人了？"

电话那头短促地汇报着什么。

第三个男人笑一笑，这是他全天露出的第一个表情。然后他说："问我干什么？当然是动手了，要不怎么交差？那家伙要是不禁打，就稍微注意点，别弄残废了惊动警察。"

然后，第三个男人就慢悠悠地站起来，伸了一下懒腰。原来他也觉得累。而他放松的姿态，让芳华也很为他高兴。接着，她又看到这个男人探过胳膊去，把插在桌上可乐瓶里的三朵百合花拔了出来，滴答着黄绿色的水，往门外走去。

因为男人把花拔走了，芳华不禁跟上去。她跟着第三个男人来到门口，顺着他的目光看街对面。那里正在爆发一场喧闹，两三个小平头的男人扯着一个长发男人的头发，从小区门口往马路中间走过来。长发男人背后驮着一只黑匣子，芳华认得那玩意儿叫作大提琴。

那正是芳华本月"喜欢"的第二个男人。他在对方的臂膀之下，还挥动着胳膊想要反抗，并且大喊："你们要干什么？"可是一个小平头很熟练地在他的肋下捣了一拳，他就咳嗽着，话也说不出来了。

小平头们把第二个男人拖到马路中间，就不再前进，开始在这个宽敞的地方殴打他。他们用拳头揍他的脸，用皮鞋踢他的肚子，还用膝盖磕他的下身。第二个男人并没有还手，很顺从地被打翻在地，然后像一只虾米似的蜷起来，用屁股和腰抵御那些沉稳而密集的打击。大提琴静静地撂在他的脚边。两头几米远的地方，路过的车辆都自觉地停下来，谁也不敢鸣喇叭，只是在等这一场殴打尽快过去。

小平头们的拳打脚踢持续了几分钟，芳华侧前方的第三个男人才慢慢地踱过去。看到他走近，小平头们便倒退两步，扎着架势肃立在一旁。第三个男人手捧鲜花，蹲在第二个男人头部上方，问道："以后还犯贱吗？"

第二个男人的脸从胳膊里露出来，上面全是血和其他什么黏液。他既不点头也不摇头，他完全被打傻了，连表态的能力都丧失了。

第三个男人笑了笑，又晃晃手里的百合花说："买这玩意儿有什么用？这不是糟践钱吗？"

百合花"啪啪"地抽在第二个男人的脸上，而站在马路牙子上的芳华却感到他的眼神在看向自己。她紧张地捏住自己的衣襟，心里既乱又慌。但她的眼睛仍然没有躲开，看着自己喜欢过的两个男人。不知不觉间，她的"游戏"又开演了。她想，如果这两个人是为了她闹到了眼下这般地步，她应该怎么办呢？

同时，她看到第三个男人把百合花茎横在腿上，用手咔嚓一揪，将即将凋谢的花瓣全都攥在手里，揉成一团，按到第二个男人的嘴上。一个小平头又走上近前，照着第二个男人的肚子"砰"地踹了一脚，第二个男人呻吟一声，顺势张开了嘴，第三个男人就把那些花囫囵塞到他的嘴里去了。

　　然后，第三个男人站起来，看了看满嘴花瓣的第二个男人，说："以后长点儿记性吧。"

　　说完，他就带着小平头们钻进了奔驰车，轰鸣一声，顺着自行车道开走了。与打人时的从容不迫相比起来，他们的离开显得过于仓促。接着，马路上的其他车辆也大鸣起来，他们催第二个男人赶紧从地上爬起来，不要妨碍交通。第二个男人也的确这样做了，只不过动作很艰难，几乎不是走到对面的马路牙子上，而是爬过去的。街道随即恢复了车水马龙，等到拥堵的车辆散去，芳华再朝马路对面望过去时，第二个男人也不见了。整条街，仿佛只剩下她孤零零的一个人。

　　事情就这么乱哄哄地过去，有结局，没由头。而又过了半个多月，芳华才听人说起那场当街殴打的来龙去脉。

　　当时已经是十一月了。北方城市入冬早，道路两旁的树梢都秃了，大团黄叶被风裹着飘来荡去。自从那事儿过去，芳华已经有些日子没"喜欢"上男人了，她还停留在古怪的震惊里。

那天，有三四个中年妇女从菜市场回来，又不约而同地忘了买一两味调料，便转到芳华的小卖部里。她们把酱油、盐和醋放进编织口袋，不知谁起了个头，就你争我抢地汇总起了手头的资料。

一个女人说："都是二号楼五层的那个女人惹出来的是非。她刚搬进来的时候，我就觉得不像样……二十啷当也不上班，每天打扮得花枝招展的，坐一趟电梯，留下的香味儿半天都散不掉。"

另一个女人说："那女人也不是没工作，听说是个乐团吹笛子的。挨打那个是她同事，据说早就好上了。千不该万不该，她同时还在外面勾搭了一个人，据说有钱，做建筑的。她花了人家的钱偷着养小白脸，那边气不过，就带了一群打手盯他们的梢，果不其然抓了个正着……搞艺术的都这么乱吗？"

又一个女人说："什么搞艺术的？女流氓一个。你们知不知道，她在这之前还有一个男人呢，那才是她的老公！"

第一个女人说："啊？结过婚的？"

第二个女人说："你怎么知道的？"

第三个女人抢到了话语权，很得意地说："刚搬进小区的时候，我家和她家用的是同一个装修队，工头带我到她家参观过，也见过她和她老公。她老公看着倒是个厚道人，是个跑船的，往欧洲运货，一年倒有半年在海上。据说两人都是外地的，为了买房安家，她老公才干得这么狠……只是想不到，房子和媳妇都是给人家准备的了，还闹出这么一桩，也不知道以后还过不过得下去……"

"都这样了过什么呀？这还有良心么？"

"现在真是什么人都有……"

女人们的对话在芳华脑子里拼接、成形，终于成了一个完整的故事。但是自己把这故事又复述了一遍，芳华心里的感想，却不是故事里女人的"没良心"，也不是男人们的"不值当"。她想的是：这么巧，一段恩怨里的三个男人，恰恰都被她芳华遇见过，也被她芳华"喜欢"过。芳华有点儿激动，觉得自己也是这条轰动性新闻的直接参与者。她非常想开口，加入女人们的讨论，告诉她们："还有你们不知道的呢……她的第一个男人抽烟很凶，第二个男人是在乐团拉大提琴的，第三个男人……"

但是芳华终究没有开口。她反而飞快地落寞了下去。二号楼五层的那个女人，芳华意识到自己很羡慕她。自己的"游戏"竟然是人家的生活，而进城这么长时间，芳华终究是个看戏的，并且只能当个看戏的。

芳华再次见到第一个男人的早上，头场雪正好下下来。说雪也不是雪，就是冬雨裹着点儿冰碴，浸得人从骨头里面往外冷。芳华这天却挺忙，她从库房里将煤油炉拖出来，自己打卤，准备下面。面卤子是辣椒、鸡蛋、肉末烩成的，颜色昏暗，但味道却冲，闻着能让人想掉眼泪。面是昨天到菜市场买的手切面，兜在塑料袋里，干面条足有一斤半，等煮出锅，恨不得能盛一脸盆。在老家的时候，村里人家家吃这个。

芳华正在忙乎，门就推开了。她头也不抬，问道："回来了？"

"回来了。"头顶上的男声答道。芳华听着不是自己在等的人，赶快抬起头，就看见了上个月"喜欢"过的第一个男人。他的脸还是那么糙，头发更厚了，像钢盔似的压在脑门上。他的背后拖着拉杆箱，箱子上还撂着两个塑料袋。听到芳华的招呼，这男人也愣了一愣。

芳华有点不好意思，直起腰来，搓着手看着他。她想解释自己也在等人，但又觉得没必要，便问道："你买烟？"

男人点点头。芳华说："还是没有三五，只有中南海。五块的？劲儿大。"

男人愈发诧异，像牵线木偶似的点头，一任芳华安排。等他交了钱，拖着箱子转身出去，芳华忽然从背后叫他："哎。"

男人回头："有事儿？"

芳华说："你在海上待了一个来月。"

"一个月零七天。"男人说。

"辛苦。"

"都习惯了。"男人对芳华露出宽厚的笑。然后，他就向着对面的小区门口走去了。

芳华兀自发起了呆，恍在梦中。她希望生活是个循环，当第一个男人短暂地出现又离开，第二个男人便会跟在后面，同时，第三个男人也不远了。上个月"喜欢"的三个男人，会在这个月、下个月重复出现。他们是她生活里的走马灯。他们之间的、被一个女人串联起来的关系，芳华不想理会，她在乎的是自己通过他们看到的城市与世界。

可是芳华也知道这不可能。季节转换，雨雪代替了秋风。当她略略醒过神来，门又被推开，芳华真正等待的人回来了。

这也是个男人，个头儿介乎第一个和第二个男人之间，壮实程度与第三个男人相仿。他的相貌比第一个男人还苍老些，但实际的年纪呢，也许比第二个男人大两岁，又比第三个男人小两岁吧。他的身后没有拖拉杆箱，没有大提琴匣子，门外更没停着汽车。他是坐夜班火车回来的。他的肩膀上，趴着一个孩子。孩子两岁了，尚在熟睡，呼吸声却响得揪心，像拉风箱，睡着觉，都把自己的脸憋紫了。

"回来了？"芳华问。

"嗯。"

"那我下面。"芳华动起来。

"嗯。"男人拉过第三个男人坐过的方凳，耷拉着头看着锅。孩子还在他的肩膀趴着，躯干呼噜呼噜地回响。

"家里麦子收了？"

"嗯。"

"给我爹妈送钱了？"

"嗯。"

"见着你二姨父了？"

"嗯。"

"带你找那中医了？"

"嗯。"

"中医怎么说？"

"嗯。"

"问你呢，中医怎么说？"

"说是先天哮喘。"男人说出句整话。

"那不跟西医说的一样？"

"抓了几服药，吃了没见好，还是让在北京看。"

"那就接着看吧。"芳华瞥了一眼孩子，把面捞进搪瓷盆里，浇卤，递给男人。

男人把孩子往地上一撂，让他叉着腿靠在柜台角上，然后端盆吃面，声势浩大。奔波两月，没少花钱，他也累着了。芳华在一旁低眉垂眼，看着这个狠狠地强奸了她，然后又娶了她，把她带到这个城市，让她生下一个先天哮喘孩子的男人。她忽然想，自己在别人眼里，也够得上一出戏了。

乌龟咬老鼠

报社忽然停电的时候，小马正坐在电脑前面看着一沓《北京青年报》。他来这家地方报纸实习已经有三个多月了，到目前为止，他的工作就是看报纸，一天要连着看十几份，再把那些新闻逐条记录下来，交给一个版面编辑写成新闻综述。毫无疑问，这是一个让人哈欠连天的工作，也让这个年轻人落下了某种小小的职业病：就是在半睡半醒之间，会有一线口水不知不觉地从牙缝里爬出来，啪嗒一声落在某张著名的脸上。为了不被人发觉，小马在很多天里一直坚持戴着口罩上班，然而戴上了口罩，口水偏偏又没有了。这倒是很像他在排泄方面的习惯：每天早上使劲挤，也挤不出来，但却总在没有厕所的地方急得要命。常年以来，小马一直在和自己任性的肛门斗争着，非但丝毫不见成效，如今战线又进一步转移到了嘴上。在这场斗争中，小马已经绝望地承认了失败，今天索性把口罩也摘了下来。所以当女记者陈兰婷朝小马走过来的时候，正看到他的嘴里慢悠悠地拉出了一根银丝，在阳光里忽明忽暗地摇摆着。停电的一刹那，小马猛一抬头，那道柔和的银光准确地甩到了报纸上。

小马听到高跟鞋的声音，完全顾不上自己，而是先替报纸上的某个斯文的中年人擦嘴。但结果只能是欲盖弥彰，新鲜出炉的报纸油墨未干，三下两下，那人被抹成了一个张飞，又抹了两下，干脆变成了一团裹着汉字的烂泥。小马窘迫地用手搓着那摊泥，可是陈兰婷却像没事人一样拍了拍小马的肩膀说：

今天早上我起床，一看我们家乌龟，你猜怎么了？

小马抬起头来，这才发现办公室里一片昏暗，只剩下他们两个人。其他人大部分在外面采访，还有一些已经趁乱跑回家去了。陈兰婷好像刚写完稿子，迫切地想找一个人来说点废话，对于这种女人来说，无论什么样的听众实际上都是摆设，只要能让她的嘴有个理由不停地说说说就足够了。但是对于小马来说，这实在是一个难得的机会，他今年只有二十一岁，却对所有三十上下的女人跃跃欲试。陈兰婷已经拉过一把椅子，挨着小马坐下来。她有一张和 A4 打印纸一样平坦、宽阔的脸庞，但身体却呈现了与之相反的立体感。她的两个乳房突兀地悬在桌面上空，好像一对在槽上耳鬓厮磨的马头。小马立刻注意到了它们，他的身体也渐渐呼应了一个相得益彰的突起。他连忙把报纸放在腿上，这样看起来，报纸就好像是被他的那玩意儿给顶漏了。

看到小马愣神，陈兰婷一把将报纸夺过来，放在桌上说：小孩儿，跟你说话呢，听见没有啊？

听见了。你们家的乌龟对吧？

对对，陈兰婷兴致勃勃地说。她一高兴，就会把手指放到舌头上舔一下，然后来回乱晃，好像在空气里作画。这个动作给小马的刺激更大了，那个没见过世面的东西岂止是蛙怒，简直要像青蛙一样跳出来，不巧今天他又穿了一条宽松的棉布裤子，所以需要身体前探，两腿夹紧才能掩饰住。幸亏这时候热线电话响了，他马上跳起来，在空中抖了两下，去接电话。他接电话的时候背对着陈兰婷，右手不知不觉就在裤兜里握住了那根东西。我的妈呀，从远处看不出来，陈兰婷还这么性感，如果她走在街上，势必像一个阅兵式上的领导人，身边是齐刷刷一片林立的大枪，所有的男同志都在对她行持枪礼。

小马这样想着，同时听到电话里一个男人悲愤的吼叫声：你们这儿是不是《都市晚报》？

对，对。您要反映什么事儿？小马回头看了一眼，陈兰婷的表情显然很不耐烦，她把手放在脖子上摸来摸去。

我让人打了你们管不管？

小马用手指把那东西偷偷按下去，但它马上不屈地弹了上来。他决定赶快打发掉这个热线，就说：您快点说，我记着呢。

那边说：我就是问你，我让人打了你们管不管？

管，当然管。您说吧。

管就行，那不多说了，你们快点儿派个记者来吧，我在紫竹桥呢。

小马无奈地说：您也得说，为什么让人打了，让谁打了，在哪儿打的，用什么打的啊，我们总不能稀里糊涂就派人过去吧。但是他马上意识到，如果对方一样一样地叙述一遍，会拖延更多的时间。每个举报者都是不厌其烦。于是他把右手抽出来，重复了一次按的动作，只不过这回按的是电话。

小马回到他的座位上，跷起了二郎腿，那个东西被重重地压在下面，却不自量力地想要把大腿也撑开。不要急，不要急，我们要等待时机。小马像给战士做工作的指导员一样轻轻安抚着它，同时对陈兰婷说：

接着说，你们家的乌龟怎么了？

陈兰婷微微闭上了眼睛，但又没有闭牢，能看见里面的白眼球。这真像一个接吻时的表情。但她实际上是因为被打断了兴致，需要重新酝酿一下。她很快再次欢欣鼓舞，兴奋、飞快地把乌龟的话题进行了下去：

话说今天早上她一个人醒来（很可疑），忽闻厨房有窸窣的响声，过去看时，却见到了奇特的景象。原来陈兰婷养有一只巴西龟，是她丈夫出国之后买的，此龟平时盘踞在水池的一角，与世无争，今天却不知怎的，来了两只老鼠咬它。再说那两只老鼠，一身灰毛，两眼如豆，各自叼住乌龟的一条后腿，拼命地向后拉，仿佛要把乌龟从壳里面拽出来。那乌龟脖子伸得长长的，两只前爪死命拉住水池的边缘，宁死不屈地摆动着脑袋。陈兰婷说，她本来对老鼠这种动物害怕得要命，但是现在被它们的流氓行径激怒了：怎么能活脱脱地扒乌龟的衣服呢？于是她就拿起一支筷子，对着老鼠的脑袋"噗噗"地戳了两下。老鼠大骇，好像两个灰色的乒乓球一样蹦蹦跳跳地滚下地，转眼不知所终。

她讲完问小马：你说神不神？你说老鼠为什么想咬我们家的乌龟呢？小马眨巴了半天眼睛才挤出一句话：谁知道啊！这显然不是他关心的问题。小马疑心的是，作为一个暂时单身、胸部和钱包一样丰满的女人，陈兰婷可以养猫、养狗，养什么不好啊，为什么要养一只乌龟呢？众所周知，陈兰婷几年前嫁给了一个麻省理工毕业、常年住在美国的软件工程师，而且她没过两年就用行动让那个倒霉蛋做了乌龟（确切地讲是一只海龟）。所以说陈兰婷选择乌龟作为她的宠物，实在是一个绝妙的象征。这个想法让他对乌龟的问题充满了激情，但在他还想说些什么的时候，热线电话忽然又响了起来。

刚才那个男人气势汹汹地问：电话怎么就断了？

不知道。小马赖不唧唧地说，您问电话局去。

算了，不跟他们计较了。那边宽宏大量地说，马上又接着吼叫起来：你们记者来没来啊？你们到底派不派人来啊？

小马说：关键我们还不清楚是怎么回事儿呢，我们也有我们的纪律对吧，得先把您的事儿记下来，再跟领导汇报，领导批准了才能采访去呢。

那得什么时候啊？

三天之内跟您联系。

三天？别他妈逗了。那个男人嘶哑地说：你跟你们领导说，我这是特殊情况，因为我正在跟踪打我的那俩孙子呢，你们一来，肯定逮个正着。

小马又看了看陈兰婷，她已经有些恼怒了，把手放在锁骨上不停地搓着。于是他飞快地说：那就更难办了，我劝您这事儿还是先找警察局去吧，我们是新闻单位，只能做报道，不能执法，警察才能抓人呢。您听明白了吧？我们这儿热线忙。他说完就再次挂了电话。在放下话筒的那一刻，那个男人像坠入悬崖一般号叫着：

我可是见义勇为才……

在刚才短短的时间里，小马已经暗自打好了一个腹稿，他对陈兰婷说：老鼠咬乌龟，这倒是一个闻所未闻的故事，但我们可以尝试某些更加艺术的方法，把这个故事讲得更有情趣。

陈兰婷不解：何谓更加艺术的方法呢？

这就是小马的特长了。他实际是在提醒陈兰婷，自己是一个名牌大学中文系的学生，并不应该坐在这个无聊的办公室里。他说，如果故事让他来讲，他会采用《聊斋》的笔法：

有女兰婷，夜宿庵中。夜来风动，门外犬吠，隐有人声。出视之，见二贼人，着青衣，强拉一女尼欲狎之。兰婷怒，大喝，贼人遁走，转不复见。次日呼村人来，问尼。尼反曰：何有此事！疑为南柯一梦。复见檐下一龟，长不过寸耳，周边爪痕零乱，又有灰毛，以之告尼。尼笑曰：娘子见者莫非此物乎？龟亦灵物也，求救娘子，此有缘也。视其龟，颔首再三，似拜谢。兰婷遂挟之归，号为"龟奴"，后其家富贵，三年巨万，肥马轻裘，生二子，皆中举人。及兰婷死，龟亦不知所终。

很遗憾，陈兰婷听完之后皱起了眉头。小马有些后悔，看来这个卖弄有点晦涩，对方根本没有听懂。但陈兰婷却非常认真地说：你认为我说的事情是编的么？你得清楚，我并不是在讲故事。所以我不需要什么笔法，更不需要半文言。

小马有些负气地说：难道不是编的么？哪里会有老鼠咬乌龟的事情？

陈兰婷一字一顿地说：为什么不会有呢？我说的就是亲眼所见。再说我哪有那么无聊，编造这样的故事说给别人听？

小马知道争执下去是没有意义的，只好说：好好，就算是真的。

陈兰婷还想再说，但电话又不屈不挠地响起来了。这一次那个男人已经有些神经质了：

不行，这回你们必须得来。

小马已经烦躁了起来，他粗声粗气地说：我们凭什么必须得去？

那边理直气壮地说：你们是不是人民的报社？

这个说法几乎让小马笑了出来。他重新耐下性子解释说，我们当然是人民的报社，所以我们也在尽力地反映人民的生活。关键是反映哪一部分人民的生活，才能让所有的人民都喜闻乐见呢？从这个要求出发，我们显然需要反映比较美好的，大家都向往的那种生活。这一部分人代表了绝大多数人对未来的希望嘛。他一边说一边想，如果这样，我们最好直接反映美国人民的生活。

那个男人郑重地说：难道人民不需要伸张正义？

需要，需要，可您不是已经伸张了么？就不需要我们再伸张了吧？

我伸张完正义，就让人打啦。

没跟您说，那就找警察去么？他们也是人民的。

那个男人绝望地说：我哪儿敢找警察啊？

你为什么不敢找警察？该不会打您那两人是见义勇为吧？那我们更帮不了您了。

当然是我见义勇为！那边斩钉截铁地说，可我就是没法找警察，我也有我的苦衷，找警察我得不偿失。想来想去，也就你们能帮我了。你相信我，我要不是真没辙了也不会麻烦你们。我觉得我这事儿也挺有报道价值的，而且现在离你们报社特近，我都跟到公主坟了，快来……

这时小马看到一只手从他的腿旁伸过去，清脆地把电话给挂了。他甚至产生了瞬间的幻觉，认为那只手正冲着他的那玩意儿抓过去。但陈兰婷马上把手缩回去，翻着白眼说：甭搭理他，现在有病的人多了。

是有病。小马咽着口水说。突然之间，他想到了一个话题：你们家怎么会有老鼠呢？

众所周知，那只海龟给陈兰婷留下了一套外销公寓，里面有德国木地板、美国整体卫浴和全套日本电器，那种地方怎么会出现中国老鼠呢?

可陈兰婷却也尖叫了起来，好像她也刚发现这个事实：啊呀，我们家居然有老鼠了！现在小马已经有信心确定了：她是真的在装傻，话中之意，不言而喻。他马上说：

没关系，我们可以到外面买一些老鼠药。我还可以到你家里去，帮你把药放上。

当他们一拍即合地站起来，办公室里所有的灯也像揭开谜底一般全亮了。灯光让小马的眼睛稍微有点不适应，但他更担心陈兰婷会把黑暗之中说的话当成玩笑。他飞快地穿上外套，背上书包，先走了两步，再回过头来敦促地看着陈兰婷。这时候陈兰婷果然矜持了起来，但她还是跟在小马后面出了办公室。总的来说，这是一次非常美妙的停电，甚至在小马刚刚开始的一生中都起着举足轻重的作用。小马又一次用手背蹭了蹭那东西，它的前途也明朗了起来：就像一只可爱的小老鼠，正在兴高采烈、无怨无悔地奔向老鼠夹子。这难道不是小老鼠应有的宿命么?

他们来到楼道里，小马像一个酒店服务员一样弯腰侧对着陈兰婷，殷勤地按下了电梯按钮。但对方的表情却很自然，他找了很久都没有找到那丝理应藏在嘴角的微笑。看着那张光洁、僵硬得像釉质陶器的脸，小马又心虚了起来。他是不是过于乐观了呢？这样的事情是他一直盼望的，但还从没经历过。在他脑海里预演过的无数次情景都不能作为实际的指导。既然是摸着石头过河，那么我们能不能先摸那么一小下呢？令他悲哀的是，自己连这个勇气也不具备。

他们走进电梯，里面仍然只有他们两个人。如果要试探一下，再也不会有更好的机会了。而且这实在大有必要：如果证实了自己判断失误的话，那么又何必到陈兰婷的家里充当一个义务劳动者呢？他尚可全身而退，去找上个月认识的那个大一小师妹从人生开始谈起。

陈兰婷挺立在电梯的一角。如果真的要试一下，又应该从哪里着手呢？首选目标当然是她身上最醒目的那一对建筑物。阿拉伯人就是这样做的，那么陈兰婷会不会将这个举动视为一次恐怖主义袭击呢？我们还是不要太冒险，任何事情都不是一蹴而就的。小马斜视着陈兰婷，一边察言观色，一面把手悄悄地向她的手伸了过去——中途停顿了一下——接着又悲壮地前进。

这时候电梯里忽然一片漆黑，紧跟着脚下疯狂地颤动了两下。一定是电路又出了故障。他们两个人在头顶上嘎嘎的巨响声中都忘记了尖叫，直到电梯在某两层楼的中间定住了，陈兰婷才长叹一声：

我的妈呀！

小马贴着墙根摸索了半天，抓起了紧急电话，但是拨了几遍都是忙音。看来他们被暂时遗忘在这里了。他索性伸着两只手，慢慢地向陈兰婷所在的角落摸索过去。这个时候摸到哪里都情有可原。然而他一摸之下却扑了个空，随即感到那两个高耸的建筑物主动撞上了他的胸口，右手也被对方熟练地抓住，武断地、不容争论地被拖向一个更加隐秘的所在。陈兰婷好像压抑了很久一样，肆无忌惮地长吁短叹了起来。小马感到一股热流正在全方位地向自己挤压过来，他的身体之中也相应地涌动出某种液态的力量，好像被放进暖水瓶的温度计一样飞快地飙升。他没有找到地方，却已经像上了发条一样乱动了起来。陈兰婷非常不耐烦地纠正着他：不对，不对！他顺从着她，驾驭着自己的激动，却反而想要纠正一下对方：实际的情况哪里是老鼠在咬乌龟呢？老鼠只是一个懦弱的小动物，想要欠揍一下，却被乌龟一口咬住，囫囵拖进了那个既坚硬又柔软、既干热又潮湿的小壳儿里，每一次刚奋力脱身，又被对方一把拉了进去。

　　而早在一个小时之前，另外一个故事就已经在我们的城市里蓄势待发了。当小马刚刚翻开一沓《北京青年报》，准备流下第一道口水的时候，在他脚下大约三十米的距离，两个男人正在大摇大摆地走出报社的正门。他们目光如炬，带着对新闻的敏感性和对生活的攫取欲东闻西嗅，表情恰似两只身强力壮的大老鼠，只不过一只主要由肥肉构成，另一只则肌肉多一些。肌肉多一些的老鼠积极地跑到路边，向路上的出租车挥舞着手臂，但是主要由肥肉构成的老鼠粗声粗气地对他说：还是打黑车吧，我们只有五十块钱的交通费。

　　由于这个限制，连续过来的三辆车他们都没有坐上去。当最后一个司机骂骂咧咧地开走以后，肌肉老鼠提议往前走两步，到黑车扎堆的那个路口去看看。肥肉老鼠显然不愿意走路，但也没有办法，只好活动起短小的四肢跟在同伴的后面。没走多远，他们忽然看到一辆满身泥土的夏利车停在报社侧面的拐角，一个瘦骨嶙峋的脑袋牵引着长长的脖子，正从车窗里探出来，向上张望，那样子就像一只坐井观天的乌龟。两只老鼠好像生怕它跑掉一样，大声喊叫着跑过去。还是肌肉老鼠第一个赶到，他喜悦地拍着乌龟壳，找了个缝儿，把它拉开。但是龟壳不是肉长的，所以那个司机根本没有感觉到，他还在张望着挂在报社主楼上的巨幅广告：《都市晚报》，想说就说，你说我做，热线电话＊＊＊＊＊＊＊。

肥肉老鼠也钻进车厢的时候，司机才转过头去：到哪儿？

郑常庄。

郑常庄大了，到底哪儿？

到地儿我们给你指——来回五十啊，多了没有。

司机没再说什么，就开车了。两只老鼠先看了看司机，确定对方没有注意到他们，就打开一个人造革挎包，在里面乱翻乱找起来。这个采访任务是突然派下来的，他们的偷拍机、摄像带还没有装好。现在报社的采访手段很先进，大量使用针孔偷拍机，拍下来的带子既能截出照片，又能当成素材卖给电视台。

老鼠们还需要商量一下行动计划，但为了不让前面的司机听到，所以很小声，好像在吱吱叫：

那只鸡叫什么来着？

谁知道。江湖人称龅牙梅吧。

对对，大龅牙。她真是五十块钱一次啊？也太便宜了吧。

怎么着，你是不是来劲了？

去你大爷的吧，五十块钱一次啊，那得长成什么操性啊！得跟扫地那大婶子似的吧。

甭管人家丑不丑，那不是便宜么？再说了，关了灯还不一样，有眼儿吧？有眼儿就是好窝头。

窝头还分棒子面栗子面呢。你说小陈儿那样的要是干这个得多少钱？怎么着也得五百吧？

你也太高估她了。在三里屯，那样儿的顶多三百。不过话说回来，人家小陈儿是义务的，她也急我也急，互相帮助呗。老说钱不钱的就见外了吧。

说的那么牛逼，就跟你真搞过一样。我还不知道你，你也就配对着我口淫，还有给你老婆口交。

听到这话，肌肉老鼠高深莫测地笑了起来：这你就不知道了吧，你不知道的事儿多着呢。你也不想想，我为什么要给我老婆口交啊？要是回去还有劲儿，我还用什么嘴啊？

两只老鼠在后座上吱吱笑了起来。老鼠笑的时候是这样的：后肢离开地面，欢快地乱蹬着，两只前爪不停地挠着毛茸茸的肚子，同时龇出一对明亮的大门牙，下巴晃动个不停。他们发出的声音让司机感到很刺耳，皮肤上浮起了一大片鸡皮疙瘩。司机又一次愤愤地问道：

到底是郑常庄哪儿啊？就要拐弯了。

拐吧，就是这条街。肌肉老鼠又看了看肥肉老鼠：没错儿吧？

肥肉老鼠用门牙咬着玻璃窗，经过辨认之后说：打热线那个老太太说的就是这儿。他又吃力地往前伸着，把热气呼到司机的脖子上：慢点儿开，慢点儿开。

司机放慢了速度，经过每一幢房子前都问：是这儿么？

他问了四五声，却被肌肉老鼠呵斥：开你的车，哪儿那么多话啊！司机的胸口里立刻堵上了一团半固状的东西，让他几乎喘不过气来。真是两只蛮横的老鼠。他不出声地骂道：什么玩意儿！

不一会儿，出租车已经开到了这条窄街的另一头。司机回过头来问：到头儿了，是不是这儿啊？你们到底要去哪儿啊？

肥肉老鼠轻巧地挥了一下右爪：绕回去，再走一遍。

行，行。这回看准着点儿啊。司机赌气地踩了一脚油门，汽车好像跳远一样斜着猛蹿了一大步。这一下把两只老鼠颠得够呛，肌肉老鼠条件反射地抱紧了手上的人造革挎包儿，结果肩膀一下子撞到了同伴的肋骨上，他自己也被包儿里藏着的硬东西硌着了肚子。

你他妈怎么开车呢？不会开下去换我开。肥肉老鼠一边紧张地检查着包里的东西，一边大声说。

司机也不答话，只顾闷着头开车。有的人生气的时候就是这个样子，像乌龟一样缩在壳里，从洞口仇恨地看着外面。这个时候他的感觉会变得格外地灵敏，所以隐约听到两只老鼠正在交头接耳地说：

怎么碰上这么个司机！整个儿一傻逼。

这让司机气愤得更加不想说话了。他现在能想到利用的器官不是舌头，而是牙齿。他沉默地把车又绕回了刚才的那条路上，这一次开得更慢了。两只老鼠都趴到了车厢的一侧，肌肉老鼠的下巴搭在了肥肉老鼠的肩膀上，他们又开始吱吱，吱吱：

不会要咱们吧？肯定没错吗？

应该不会，那老太太是居委会的。再说哪儿那么好找，她就躺马路上等着挨操啊？毕竟不是自动售货机。干这行的跟咱们一样，都讲究一个隐蔽性。上次那批发毛片的不也蹲了一下午才撞着么？别急，别急，沉住气。

他们又把那条街检阅了一遍。街上共有四个小卖部，两家饭馆，一间小资酒吧，五至六个痴呆地晒着太阳的老头子。没有他们想找的东西。但是老鼠的特长是什么呢？就是钻着洞，用两只前爪孜孜不倦地挖掘，挖掘着埋藏在乏味的生活中的刺激。然而乌龟却是一种充满惰性的动物，它觉得一切探险活动都是无聊和莫名其妙的。司机终于忍不住又说话了：

到底是哪儿？到底是哪儿？你们这儿要人玩儿呢？

什么玩儿不玩儿的，你有那么好玩儿么？玩儿谁我也犯不着玩儿你一开黑车的呀！甭废话啊，又不是不给你钱。

司机被逼进了更加咬牙切齿的沉默。他这次缓慢地、平稳地把车掉了个弯，又开回原路上。很遗憾，这一圈老鼠们仍然没有收获，他不得不一遍又一遍地绕下去。经过几个来回，司机心中的愤怒已经变成了悲哀，他想提醒一下老鼠们：他们需要的实际是一只戴着眼罩的推磨驴。

也不知道是第几圈儿了，肥肉老鼠终于"吱"地尖叫了一声：就是她！肌肉老鼠也附和着说：一看就是，一看就是！一家饭馆门里走出来一个穿红皮裙和黑高领衫的女人，正在漠然地对过往行人招摇着。肌肉老鼠品评了说：看那胸，看那胯，还挺不错的啊，怎么这么便宜呢？肥肉老鼠说：你看她那张脸吧，嘴闭着牙都能龇出来，还往前伸，跟两把铲子似的。除了大象和野猪，没有一种动物是这样儿的，要不人称龅牙梅呢。肌肉老鼠说：也不光是丑，主要还是因为有一种服务她提供不了，太容易受伤了。他们两个又吱吱地笑起来。距离渐渐近了，肥肉老鼠果断地对司机说：停车！

但是司机还没有愉快两秒钟，就又听见后面命令道：别走，在这儿等着。对于这个命令，肥肉老鼠悄悄对肌肉老鼠解释说：干这行的一般都有人罩着，一会儿万一冲上来几个糙老爷们儿，赶紧上车就跑。他又布置道：我下去，你在车上架好机子拍远景儿。

但是肌肉老鼠自告奋勇说：这次我下去吧。你在车上。

肥肉老鼠说：也对，这次是你比较擅长的题材。

　　肌肉老鼠笑嘻嘻地说：我嫖过，我嫖过，你满意了吧？他说着下了车，把挎包放在合适的角度上，肥肉老鼠也同样把他的挎包架在了车窗上，手伸进去捣鼓一会之后，挎包一个角儿对准了那个女人。

　　这个时候司机仍然没听清楚他们的对话。他很早就怀疑这两个家伙此行的目的，但他也很早就认识到，对一个小人物来说任何好奇心都是没有意义的，因为生活中的奇迹早已经消失了，甚至从没到来过。这也是乌龟中普遍的看法，基于这种看法他们养成了迟钝的、漠不关心的态度。与其说是他听不到两只老鼠的悄悄议论，倒不如说他根本没有想过去听。

　　肌肉老鼠已经走了过去，说起来这还是这个经验不太丰富的记者第一次冲锋陷阵，以至于他兴奋得大摇大摆起来，像一个大主顾光临了那个女人。但对于一个如此便宜的妓女，这样的气派又有什么意义呢？说明他要连嫖她十回？二十回？

　　他的派头让在车上压阵的肥胖老鼠也忍俊不禁地摇了摇头，而且他发现肌肉老鼠的手法太僵硬了，几乎把装着偷拍机的皮包举到了对方的脸上。只要碰上一个内行，马上就会穿帮的。但他也理解同伴幽默的用意：他似乎是想突出那排可怕的龅牙，以此提醒男同志们注意这种妓女身上最危险的地方。

此时那两个人已经在远处搭上了话，谈起了生意。肌肉老鼠对着那排丰硕的牙齿滔滔不绝地说着，说着，频率非常之快，表情眉飞色舞，这个状态一直持续了五六分钟。肥肉老鼠奇怪，他哪儿来的那么多的话呢？冒充一个嫖客需要说这么多的话么？可以理解，他是为了偷拍到更多的镜头，但他没有意识到，这样做已经违反了那种事情的根本原则：从某种程度上来讲，妓女的存在，就是因为有的男人实在懒得用嘴来迂回和铺垫了，他们迫切地需要让下面那个东西直接解决问题。这正是肥肉老鼠所担心的，并且很不幸，他的担心变成了现实。妓女龅牙梅已经听得疲倦了，转而疑心重重地看着对方。当肌肉老鼠结束了自作聪明的长篇大论，提出到"地方"（龅牙梅提供廉价欢乐的场所）去"看一看"的时候，她却警觉地说：

算了。

什么？肌肉老鼠立刻着急起来。他不可能在街上随便拍一个女人，就在报纸上说她是妓女。

算了。这生意我不做了。虽然她不能确定来者究竟何人，但也看出他不是一个平常的嫖客了。她们这行的天敌太多了，这造就了她们敏感的职业嗅觉。小心挨得千人操，小心驶得万年船。

那哪儿行啊，说得好好的，你要嫌钱少再商量。肌肉老鼠说着，但妓女龅牙梅已经扭身就走，往两座矮楼之间溜过去。肌肉老鼠一急之下，伸手抓住了她的胳膊，把她往回拽：哪儿有你这么做生意的啊，要不你还有姐妹么？

从下一个动作看来，妓女龅牙梅的经验和胆识都要远远胜过对方。在那只坚强有力的手中，她放弃了逃跑的努力，而是一巴掌向肌肉老鼠的脸上扇过去，接着大呼小叫起来：耍流氓！耍流氓！后者完全没有想到她会这样做，被逼得连连后退，但仍然骑虎难下地抓着她的手臂。妓女龅牙梅索性一头向肌肉老鼠撞过去，同时向街上的人喊道：有没人管啊？光天化日耍流氓啦！肌肉老鼠已经完全被她搞呆了，只能尽力向围上来的观众表现他的啼笑皆非：我耍流氓，我耍流氓？

他当然不需要辩解，因为这条街上的人们早已经看惯此类把戏了。他们围上来只不过是出于对保留剧目的习惯性关注。这时坐在出租车上的肥胖老鼠明白，事情已经搞砸了，弄不好人群里还会窜出来一两个地头蛇来，那就更不好办了。他马上跳下车跑过去，拉住肌肉老鼠说：快走快走！但此刻妓女龅牙梅已经越演越投入了，她一边像风车一样抡动着两只胳膊，一边说：别走，你们他妈别走，咱们上派出所！

肥胖老鼠低声警告她说：你别来劲啊，再来劲就真上派出所去了啊。可他也知道，即使真的到警察那儿去亮出身份，揭穿对方又有什么好处呢？既然事情已经搞砸了，何必再浪费半天的时间呢？他们应该做的只是马上逃跑。但此时妓女龅牙梅却顺手扯住了肌肉老鼠肩上的挎包，一下把它拽到了自己手里。这下子两只老鼠真的大惊失色了，在他们看来，她肯定是发现了那里面的秘密（众所周知，那种包的侧面都有一个小孔，以便让偷拍机的镜头从里面伸出来），而且正急于毁掉它。如果她真的把那东西往地上一摔，不仅两万多块钱的东西要完蛋了，而且还会被部门领导视为一次相当严重的事故，由此影响到他们的前程。事实上，很多同行都曾经吃过这样的亏。所以两只老鼠的心情已经不光是沮丧了，他们像猫一样红了眼。肥肉老鼠首先飞起一脚踢在了龅牙梅的两腿之间：如果你想毁掉我吃饭的家伙，我就先报废你的！他自己都惊讶，那条又短又胖的腿居然还能踢得那么高，不出多久，那个多灾多难的地方势必会肿得像个馒头。但是龅牙梅弯着腰倒下去的时候，手上反而抓得更紧了，看起来倒像是她在宁死争夺着那个挎包，同时脸上扭曲着，像母豹子一样对他们咆哮着。这一次该肌肉老鼠动手了，他以前是练重竞技的，此刻心里又充满了懊恼和自责，所以这一拳的力度让在场的所有人都惊呆了：他们在惨叫中还听到了咔嚓一声，就意识到龅牙梅这个称谓将永远从世界上消失了。果然，当她慢慢向上抬起头来，已经找不到那排显赫一时的门牙了，取而代之的是一个巨大的血窟窿。这个女人像鱼一样把嘴一张一张的，吐出几颗和着血污的牙齿来，还有两颗也摇摇欲坠，只不过由两段粉红的肉条挂在了牙床上。只有在这时候，人们才对那些牙齿的体积有了更直观的认识，似乎有一个人啧啧地说：

真的像马牙一样大。

顺便提一下，经过这个劫难，妓女龅牙梅在三个月之后重新开业了，那时她操持着一嘴大小正常的假牙。所以说这也是一件因祸得福的事情，因为当一个女人拥有了不再让人害怕的外表以后，又怎么会只卖五十块钱一次呢？

但这个蜕变的过程还是很痛苦的。此时人们看到她的两只眼睛几乎要暴出来，脖子上和胸前流满了血和口水，她似乎还在努力说着什么，却没人能够听清。直到她猛然翻过身去，把另外两颗牙从嗓子眼深处咳出来之后，人们才能听懂她的话：

救救我呀，大哥们。我不跟他们干，他们就要打死我啦。

谁他妈想干你呀，你也不瞧瞧你丫那操性。肌肉老鼠马上大声斥责她。肥肉老鼠则提醒说：甭跟丫废话了，赶紧拿东西走人。他们从地上捡起挎包，迅速分开了人群。这时没有人试图阻拦他们，但当他们正准备向出租车的方位起跑时，却从身后传来了一声怒喝：

站住！

他们回过头来，却看到那个黑车司机不知什么时候从自己的壳儿里钻了出来，如今正从那个女人身旁大步噔噔地向自己走来，一把抓住了肥肉老鼠的手腕。

你们说，凭什么打人？他马上又把脸转向围观的群众，后者则普遍眼睛一亮，他们本以为这件事就此告终了，谁想到这时偏又从路边的一辆黑车里跑出来一个土鳖，让事态的发展峰回路转起来。司机却误解了大家的表情，他摆出振臂一呼的姿态说：虽说我刚来，没看见事情到底是怎么个前因后果，但是我拉了他们两人一路，他们鬼鬼祟祟地在这儿绕了好几圈，当时我就看出他们居心不良。现在果然行凶了吧。咱们可不能让他们跑了！他这么说着，把肥肉老鼠的手死命往里拽着，力图把他重新拉回人群中去，可是完全徒劳。司机又对群众呼喊了一句：来人呀，抓住他们呀！大家当然也无动于衷。哪有一个男人会为一个妓女当众出头呢？事实上，已经有人怀疑这个司机是龅牙梅的痴情老嫖客了。

此时司机才感到了孤立无援，另外还有乌龟爬出壳外的恐慌。不过就他刚才的表现，可能会有人认为乌龟是一种充满正义感的动物，它们感觉迟钝，但疾恶如仇，不畏强暴。很遗憾，这属于误解。常年被迫生活在最低等的无聊和猥琐中，已经使他们丧失了判断善恶的能力，他们即使说出气宇轩昂的话，也仅仅是模仿报纸或者广播。而真正让他们从壳里揭竿而起的，实际也正应该是那些无聊、屈辱和耿耿于怀所积攒下来的势能，这种能量是驱使乌龟们做出过激反应的唯一动力，它们平时深深埋藏着，但也不知在哪个节骨眼上就会突然发作，让某只乌龟暂时内分泌失调，头脑发昏，做出意料之外的事情来。所以那个司机即使感到了害怕，仍然管不住自己的嘴：

打女人，你们是什么玩意儿！

相对于乌龟，老鼠则是一种更加危险的动物，它们对生活有着天生的攫取欲，这种欲望又往往是和破坏欲结合在一起的。它们的身上还一以贯之地潜伏着其他一些欲望：食欲、性欲、权力欲，吱吱乱叫和到处乱转以及疯狂地磨牙的欲望。它们就是欲望的小小凝结体，而在食物链中的卑贱地位也决定了它们始终无法满足自己，决定了老鼠既是永远追求的动物，也是破罐破摔的动物。所以现在的这两只老鼠已经决定凶狠到底了，它们生长过快的大板牙不正是用来搞破坏的么？这一次是肌肉老鼠冲在前头，事到如今，他只好尽力地表现得积极一些，他朝着司机的肚子踢了一脚，使得他立刻就瘫软了下去，变成了挂在肥肉老鼠肚子下面的一团麻袋。接下来两只老鼠开始有条不紊地对他殴打起来，要想对付一只跑到壳外面的乌龟，简直太容易了。刚开始司机还有点反抗意识，躺在地上试图用脚踢两只老鼠的下阴，但这个努力无疑是徒劳，所以干脆缩成了一团。老鼠们则沉稳地在他滚动的过程中向露出来的薄弱部位狠踢一脚，他们都是老手，这个战术很成功，很快司机就满脸是血，一只眼睛睁不开，听天由命地平躺在地上了。

这时老鼠们才说话，肥肉老鼠说：哥们儿，你也别怪我们手黑。谁让你犯贱呢？你不犯贱，我打你干吗？

肌肉老鼠则把鞋底对准司机的脸说：再犯贱我踩死你丫的。

他们说完，扬长而走，走过路边的出租车时，肌肉老鼠又捡起大半块砖头，对司机喊道：

再给你丫听个响！

他朝着一个车前灯砸了过去，砸得龟壳碎片飞溅。也许老鼠是在告诉乌龟：无论他有壳还是没壳，打起来都是轻而易举。此时肥肉老鼠已经又招呼过来一辆有牌照的出租车，他们气哼哼地钻了进去，慢慢开走了。

而他们刚一开走，本来躺在地上的司机马上就跳起来，也不抹一把脸上的血，就跳跃着狂吼道：

我——操——你——妈——逼！

这个举动让群众也很诧异。他们忘记了，乌龟还是一种生命力极其顽强的动物。乌龟不仅能够活很长时间，而且抗击打的能力也很强，即使没有壳，挨了一顿拳脚也能马上站起来。虽然满脸是血，但还活蹦乱跳。

司机却不知道下一步应该做点什么了，他想报警，但如果那样，黑车的身份也就曝光了。罚款几乎够买他的车的了，绝对不能报警。他又回头去找那个女人，可她却早就不知道跑到哪儿去了，恐怕他们刚开始打他的时候就跑了，跑得那么快，连声援也不声援一下。他感到肚子里的闷气像火药一样惊人地膨胀着，如果找不到一个排泄口，那就要连他的龟壳也炸个粉碎了。但他又能如何呢？他只能定在原地，悲天悯人地吼叫着：

我——操——你——妈——逼！

小马的眼睛直勾勾地看着地面，慢慢地向回走去。他的耳朵里充满了陈兰婷急促的高跟鞋声。刚才无疑是一次失败的经历——他早泄了。他的小老鼠，它太幼稚了，以至于刚刚挨上老鼠夹子，还没有让对方感到它的挣扎，就急不可待地吐血死去了。用不了多久，办公室里的男性都会在饭桌上对他哈哈大笑的，他们还会在小便之后故意对他响亮地甩着生殖器。而陈兰婷此刻既是一个征服者，也是一个受害者。她的脚步声显得既轻蔑又怒气冲冲，她正在用一张餐巾纸用力地在裤子上擦着。

小马跟着她走回了办公室。尴尬的沉默令日光灯的声音响得出奇。但他明白，说什么都已经无补于事，而且欲盖弥彰了。最好的结局也许是他孱弱的形象激起了陈兰婷的母性，让她用温暖大度的胸怀来安慰他。但这已经被证明是一厢情愿的幻想了，她说一不二地翻了脸。她毫不掩饰地抱怨，这是一件多么倒霉、多么恶心的事情——就好像她是一个粗鲁的嫖客，不巧碰上了一个正在经期的妓女一样。

陈兰婷已经一屁股坐在椅子上，翻出一个化妆盒开始补妆了。小马犹豫着，他应该留在办公室还是悄悄离开呢？好在电话铃响了起来。他有了借口走过去。但陈兰婷已经一把抓起电话：

喂！

你们来不来？我就在军博这边儿呢，一出门就到了。再不来那两人就跑了。你们绝对有职责管这事儿我跟你们说……

有病！

陈兰婷尖声尖气地说。她挂了电话，又补充了一句：

现在有病的人真多。

小马已经没话可说了。他默默转过身，决定离开这里，但在门口又被人撞了回来。进来的人是老郑，他的两块胸肌压迫着小马向后退了两步，他对这个一脸倒霉相的年轻人经常故意这样。他夸张地搓着那对胸肌，好像那是一对引以为荣的乳房。传闻它们能够夹住五分钱的钢镚儿。胸肌的后面是老王的一团肥肉，他身上的任何一个部位要夹住一个钢镚儿都不成问题。

背！今天真他妈背！老郑好像宣布什么一样说。

老王则不耐烦地把他推开：别他妈叨叨啦，都他妈叨叨一路了。

老郑的肌肉变得像纸糊的一般，他立刻闪到一边，好让硕大无朋的老王挤进门来，同时臊眉耷眼地对他说：

其实今天刚开始还挺顺的对吧？

顺个蛋！老王已经恼火得根本不给同伴留面子了。他点上一支烟说：你要老实在车上待着什么事儿也没有，你是采访那块料么？瞎积极什么啊！

我不就想演练演练么！

那你也演练得是那么回事儿啊！偷拍机都快捅到人家脸上了。本来好好一选题都让你给搅和砸了。你这样的也就做做场记。

不就一妓女么？多的是。实在找不着，让小陈当回托儿冒充一回鸡不就得了。老郑讪笑着，想用这个玩笑岔开话题，陈兰婷果然回过头来斥道：你是不是又找抽呢，怎么不找你老婆去啊？我觉得你老婆挺合适的。小马看见她的脸上赫然挂着桃花绽开的笑容。表情变得那么快，那么彻底，好像是用化妆刷和眉笔画上去的一样。

老郑插着兜，摇晃着向陈兰婷走过去说：我不是怕她假戏真唱么。

陈兰婷翻着白眼说：那我就是真戏假唱啊？

也不，关键得看跟谁唱。你要假装鸡肯定还是我采访你。

臭美吧你。你以为我图你那身腱子肉啊？

那你图什么啊？你说说，我还能提供什么？一句话的事儿，绝没含糊。

瞅你丫那操性吧。他这么一搞，让老王也忍不住笑了，他的肚子一定像海面一样一浪接一浪：我看看你拍的带子去，兴许还能抽出两张有用的照片来。同时挥挥手：那谁，你过来帮我弄弄机器。

小马感到是在叫他，但还是环顾了一眼。老王说：就是你，那孩子。

小马跟着他走进里屋，老王把一盒录像带插到录放机里去。他们豁然看到了一排巨大的龅牙，在镜头里像牙膏广告一样努力地龇着。同时传来老郑的声音，他正在不着边际地说着废话，让龅牙们摸不着头脑，闪烁着迷茫的光。

老王不耐烦地说：哪儿他妈那么多废话啊。他凑过去盯住画面，这时外屋的谈话声却渐渐地升了起来。这让小马立刻警觉了起来，刚才和陈兰婷的事儿不会传出去吧，她这种人什么都说得出来。而且老郑和老王会不会已经看出什么来了呢？果然，老郑用揭露性的语调说：

不对不对，你俩肯定干点儿什么了。

你怎么知道的啊？说说看，说说看。陈兰婷反而饶有兴致地问。

老郑把椅子压得吱吱响：我眼睛又没长裤裆里去。首先你俩神色就不对劲，他一脸苍白你红光满面；而且那傻逼孩子连文明扣都没拉上就出来了；再有你拿那么多卫生纸干吗？你也没感冒吧。你说说你怎么能这样儿啊？

怎么着，你有什么不满意的？

没没，我当然没资格不满意。反正我也没吃亏对吧？我就是替你觉得惋惜，你瞧瞧你找的这人，瞧丫那操性。就是你想吃童子鸡也得找一鸡呀，那哥们儿整个儿就是一只麻雀啊。肯定不和谐吧？

陈兰婷没有说话。小马偷偷瞥了一眼身边的老王，还好他没在听。过了一会儿，外面的两个人忽然又哈哈大笑起来。小马忽然觉得恶心，恶心，好像他们的笑声正在砸着他的胃一样。他猛然站起来，跑出门去，外面的老郑和陈兰婷被他奔跑的劲头吓了一跳，但老郑立刻又爆发出更加洪亮的笑声，老王也跑了出来问：怎么了怎么了？

小马径直跑到厕所，冲进了一个大便间，反锁上门。他弯着腰干呕了半天，终于确定自己什么也吐不出来了，就靠在门上喘着气。厕所里温暖、潮湿，散发着清洁剂的味道，穿堂风从他的头上掠过。这时他又听到陈兰婷发出了一声尖叫，可能是老郑又开了一个过火的玩笑。小马愤愤地解开裤子，可是连尿也撒不出来。我们必须被生活挤出点什么来吧。他看着那只和他一样悲哀的小老鼠，那东西也在摇头叹息。小马晃悠着它，怜惜地摸着它的脑袋。我们是相依为命的弱小动物。但这时候小老鼠却像是受到了某种激发，飞快地昂起了头来。它还年轻，不甘心屈辱地生活下去，它需要一只小老鼠应该有的尊严。小马感慨着，用力地抚摸着它，随即感到了快意恩仇的舒畅。用力！用力！这一次却用了那么长的时间，他的手都酸了，这让小马惊诧不已。看来这也是一只才华横溢的小老鼠，只不过在不理解它的人面前，它才会溃不成军。用力！用力！让我们看看你到底有多大劲儿吧。在最后一刻，小马忽然强烈地希望跑到外面去，把那摊东西喷射到那些人的脸上——最好还能喷射到一台照相机的镜头上，再把照片刊登在报上，让全市人民都看到一只小老鼠在临死前的悲壮。

当小马往回走的时候，他累得连脚都迈不动了。他此刻的脸色在那些人眼里恐怕会更可笑。老郑、老王和陈兰婷正围坐在一个办公桌前聊着天，老郑已经和陈兰婷肩膀贴着肩膀了，小马没有往底下看，也知道他一定把手放在她的大腿上了。他们三个看到小马进来，都现出一种隐秘的神色，陈兰婷随即转过脸去，那两个男人则做出一副强忍着笑的表情，但马上就笑得弯了腰，用手不停地拍着桌子。小马低下头，忍辱负重地走进里屋，关上门。他没有胆量走到外面去了，决定等外屋的三个人走掉以后再走。外面依然传来骚乱声，陈兰婷咯咯笑着说：别，讨厌啊。甚至在喊：放我下来！

小马瘫软在椅子上坐了一会儿，又走到窗前看了两眼。他最终来到录放机前，把老郑拍摄下来的录像带继续放映起来。为了忘掉眼下的情况，他努力让自己对那里面的内容发生兴趣。

很显然，这是一次失败的采访。看了一会儿以后，镜头忽然倾斜了，大片的楼房、天空和人脸像轻飘飘的雪花一样在屏幕上掠过。还有激烈争吵的声音，似乎还有几个无聊的人在叫好。终于，小马听到一声惨叫，又是一声闷响，偷拍机掉到地上，仰拍蓝天，马上又恢复了平稳。之后再也没有出现那个长着龅牙的女人，也不知道她怎么样了。老郑和老王似乎正在急于分开人群走掉，但有一个男人的声音吼道：

别走！

这时小马忽然觉得这个声音非常耳熟。他快进了一下，又听到同一个声音正在慷慨激昂地演讲。老郑则对他威胁说：你妈逼松手听见没有？一会儿，又是一声惨叫。镜头眼花缭乱地晃动着，捕捉到一个骨瘦如柴的男人被打倒在地，他不屈不挠地叫骂着：

你妈逼跟你们拼了！

小马终于听出那是谁了，就在一个小时以前，他还接过这个人的电话。他知道是怎么回事了。这个巧合让他笑了起来，我们生活的世界真是太小了。他把音量调到最小，悄悄打开门朝外看了一眼，那三个人还在有说有笑，老郑和老王正在学着黄色录像里的声音：

啊，yeah——啊，yeah！

小马赶快走回里屋，抓起一部电话：

总机吗？查一下下午三点半左右哪儿给《都市晚报》打电话来着，对，查号码。

话务员说了一个手机号码。还好不是公用电话。小马马上拨通了这个电话：喂？

谁呀？

我这儿是《都市快报》。你还跟着那两人么？

跟个屁！那边毫无顾忌地骂道：早他妈跑了，你们他妈是干什么的啊？国家养你们这帮狗有什么用？

对对，我们都不是好狗。小马笑着说：不过现在已经有记者回来了，愿意采访你那件事儿。没关系，人跑了也没关系，我们就是想表彰一下儿您见义勇为。年底还想给您颁个奖，有奖金。

行，行。那个出租车司机语调里依然带着怒气，但还是说：那我在哪儿等你们？我现在在复兴门呢。

别等了，您来我们报社吧，就在一楼大厅等着我们，您给我您的车号，保安会放您进来的。

司机说了车号。小马又问：您贵姓？

我姓李。你们能认出我来么？

能认出来，您肯定英勇负伤了吧？先别包扎呢，要的就是这个效果。快点来啊。

小马马上又给传达室打了个电话，告诉他们把那辆夏利车放进来。他放下电话，隔着门听了一下，外面的谈话依然热烈。陈兰婷好像又在讲她的乌龟的故事了。小马走到窗前，点上一支烟，看着路上川流的车辆。那么多夏利车，会是哪一辆呢？

十来分钟以后，那个司机打来电话："我已经到报社大厅了。"

"别急，记者这就下去。"

外面的桌椅吱吱咯咯地响着，如果不是三个人哈哈大笑的话，会让人认为他们已经就地干上了。小马打开门，坦然地看着那三个人。原来他们正在玩儿一个游戏，谁答错了脑筋急转弯，就要被另外两个人咯吱。现在轮到两个男人四只手一齐攻击陈兰婷的腰，并不时地向上蹭一把，蹭一蹭她乳房的下部，飞快地感受一下那两个东西的重量。想必是陈兰婷已经跟他们其中的某个人谈妥了到她家里抓老鼠的事儿，也许是两个人一起去，谈完了，他们就庆祝性地乱闹了起来。小马走出来，陈兰婷全当没看见，老郑则对他嘲弄地吹了一声口哨。小马报之以灿烂的、羞涩的微笑，他已经预备了一份让他们意想不到的礼物。

"还没走啊？"

老郑说："不急，不急。"他眨眨眼睛，"什么事儿都不要太急。"

"对了，刚才接到一个电话，有个来访观众在大厅里等咱们的记者，说要反映他们楼漏水的事儿，据说他们大便都得打着伞蹲坑儿。我觉得是个题材，要不你们下去时顺便接待一下？"

"行行行。"老郑愉快地答应。他的心情好极了。但老王马上说："你还想一个人去？不行，我跟你一块儿。"

"那我也走了。我该回家了。"陈兰婷也背起了包儿。

"好好，"老郑说，"我们一起下楼，你先回家，让我先替别的人民群众排忧解难，然后再帮你……"

陈兰婷也不答话，傲然走了出去，老郑和老王马上跟了上去。

那三个人走进电梯，小马立刻飞快地从楼梯跑下去。一共有十二层的高度，他需要加快速度才能赶上。在连蹦带蹿的过程中，他还滑倒了一次，尾巴骨几乎要被硌断了，但疼痛反而让他更加兴奋。他气喘吁吁地跑啊，跑啊，脑海里已经构思好了今天的最后一个镜头：

在充斥着体面人的大厅里，一个头破血流的中年男子被按倒在地上，但和他扭打在一起的另外两个男人却更加惊慌失措，并且哇哇惨叫，因为他们中的一个正被他死不松口地咬住了大腿：咬得如此凶狠，如此坚定，就好像一只即将被斩首的乌龟一样。

「五 年 内 外」

上：张磊被捶记

那是我进入最高学府以前的事儿了。当时我无所事事，对未来的梦想鼠目寸光，只想当一个成功的地痞流氓——谁敢和我照眼儿，我就用大皮鞋的跟儿打爆他的头。但每天必须上学的现状又让我痛感英雄无用武之地：连逃学都不敢，还当什么地痞流氓啊！在我生活的那个部队大院儿，最有名的流氓是一个被称为"鲁炮儿"的家伙，他有名儿，是因为他敢打他爸，每天都打，往死里打。

大院儿里渴望成为后起之秀的小伙子议论起鲁炮儿的时候，都会装作不屑一顾："打爹有什么牛逼的，爷五岁就打过啦。"

那当然，人人五岁的时候都打过爹。当时大家还是小鸡鸡迎风抖的小逼崽儿，路过小卖部的时候会尖厉地喊叫："买糖糖，买糖糖！"

作为父亲，一般会装模作样："不给买，不给买。"

大家都会抡起婴幼儿王八拳，吼叫说："坏坏坏，打打打！"

作为父亲，一般又会哈哈大笑："儿子打老子，有本事，给你买俩泡泡糖。"

而鲁炮儿则将这童真而又温情的一幕保持到了胡子拉碴的年龄，只不过台词略作修改。他总是搂着某个不三不四的女青年，一脚踹开家门说："老丫的，给爷腾出屋儿来，不准偷看。"

他爸则会每次都说出程式化的台词："畜生，我跟你拼啦。"

这时候鲁炮儿也会程式化地摇摇头，蹲下去，脱下大皮鞋，抡将起来，一下正中他爸的秃顶。一下不行两下，两下不行三下，一直打到他爸坐到地上为止。

然后他爸就会爬到楼道里，对过往来宾哭诉："谁来管管哪。"

邻居会劝他说："你干脆报警吧。"

还没说完，就见鲁炮儿只穿一条裤衩，一手拿着大皮鞋，一手拎着一条胸罩跑出来，目空一切地问道："谁敢报警？"

邻居一看，纷纷逃窜，鲁炮儿就用大皮鞋敲着他爸的脑袋，好像领导生了气要拍桌子一样，叫声响彻楼道："谁——敢——报——警！"

据说有一次，鲁炮儿的仇家拎着菜刀上门寻仇，隔门听到里面大皮鞋敲秃顶的声音，马上不战而退："这种人，什么事儿干不出来！"

说来说去，我认为我当一个有名的流氓的希望不大，连这点儿愿望都不能实现，这让我那时候的生活就充满了失败主义情绪。我只能在夏天的傍晚来到大院儿的操场上，买一盒地痞流氓最喜欢的"希尔顿"牌香烟，一边躲着熟人抽，一边躲着姑娘看。李白那一辈子的心态莫过如此。

当时和我同样郁郁不得志的还有一些男青年，其中跟我最熟的一个叫作张磊。他也很有名儿，因为他家有一套最高级的家庭影院，原装索尼背投电视，博士音箱，松下录像机。他用这些东西招待大家看黄色录像，那效果真是没得说。第一次看的时候，我激动地指着脚下说："你听呀，你听呀，声音多逼真，就好像在你跟前干一样。"

张磊扬扬得意地挥挥手说："这有什么，你知道以后电视的发展方向是什么吗？就是立体影像！一放毛片，就会在客厅中间出来一个光屁股大美妞，跟真的一样！"

随着科学知识的增多，张磊后来又说："更高的发展方向知道吗？就是模拟触觉系统，不光客厅中间会出来一个光屁股大美妞，而且摸上去也像真的一样！"他说着就向空无一物的眼前伸出手去，凭空狂抓："真的肉呀，真的肉呀！"

我说："那岂不是一放毛片，我们就能真的干那女的了？"

张磊说："对呀，对呀，到时候我们就不用拍婆子①啦，回家一开电视，往地板上一趴，一使劲儿，跟真的一样！"

但是他马上又看着电视发起了愁："不行，这毛片里还一男的呢，瞧这爷们儿多壮，咱可能还真打不过他。"

对科学技术的幻想终归会唤起对现实的惆怅，我跟

_____

① 北京方言，指男性搭讪陌生女孩。（编注）

张磊硬邦邦的，苦于生不逢时。看毛片的结局往往会变成张磊从书包里摸出一瓶珍宝威士忌酒，大家嘴对瓶口，仰天长饮，然后在"涅槃"乐队的伴奏中轰然而倒。

经常和我们一起厮混的还有一个不需要看毛片的男青年，在大家都是处男的年代，他第一个变成了实干家。那家伙叫作高飞，他不仅有性伴侣，而且还有两个。显摆的时候，他从钱包里拿出一张照片说："看，姅头一号。"

然后又拿出一张照片："看，姅头二号。"

到底是姅头一号漂亮呢，还是姅头二号漂亮呢？我和张磊对比了一下，发现实在说不出谁更漂亮——而且分不清两者有什么差别，完全就是同一个人穿着同样的衣服的同一张照片。我说："明明是一个人。"

高飞用神秘烘托淫荡："双胞胎。"

张磊说："那不能算两个——都是一样的。"

我则对高飞搞上双胞胎的方式疑问道："你是怎么搞她们的？分别还是同时？"

高飞似乎对我的问题很吃惊："当然是分别了，哪儿有这么淫荡的姐妹！"

我说："就算是分别，你总也给她们留了照片吧，她们拿出来一对，不就穿帮了吗？"

高飞用淫荡揭穿了神秘："我也冒充双胞胎。"

"你凭什么能搞上女人还一下儿两个？"我们一边喝"珍宝"威士忌，一边愤愤不平地质问高飞，"你又不是鲁炮儿。"

高飞搔首弄姿地说："因为我皮白肉嫩。"

我们说："像个假娘们儿一样。"

高飞又说："因为我有胸肌。"

我们又说："椭圆形的不叫胸肌。"

高飞最后挤眉弄眼地说："因为我有两个鸡巴，行了吧，满意了吧？"

我们沮丧地说："我们加起来也有两个鸡巴。"

怨天尤人是没有用的。想把梦想变成现实吗？不要犹豫，请拿起电话，拨打01096168参与有奖竞猜，大奖多多，女人多多，屁股多多，乳房多多，等着你哦！

一天傍晚，两个红眼病兼性饥渴患者轰走高飞以后，躺在地毯上发呆，嘴里喷出便宜洋酒的味道。

"拿起电话，拨打 01096168 吧。"张磊愤然坐起来，对我说，"我们要去拍婆子了。"

我说："拍婆子？"

张磊说："对！当不成流氓，连婆子也拍不上，人生真是太失败啦。"

我也坐起来说："去西单还是去动物园？"

张磊说："哪儿也不去，就在咱们院儿拍。"

我又躺下去："那你去吧。"

张磊说："你为什么不去？"

我说："全都是熟人，第二天就会有人告诉我爸：恭喜你，你儿子当流氓啦。"

张磊忽然蹲下来，用醉鬼式的严肃凝视着我："我知道你为什么老拍不上婆子了。"

我说："为什么？"

张磊说："因为你当不了流氓，流氓都有婆子。"

因为不敢拍婆子，所以不是流氓，因为不是流氓，所以永远拍不上婆子。我在十六岁那年第一次明白什么叫循环论证。而跳出这个怪圈的方法也很简单：放下酒瓶子，跟着张磊出门。

我们嚼着口香糖，跑到操场上，在"团结紧张，严肃活泼"的标语下面坐好，目睹黄昏把大地夹在腋下。

这个时候的操场，大概有如下几种人物：

1. 毛主席，男，雕像，巨大。

2. 老头和老太太，退休干部，放大屁的时候旁若无人。

3. 狗，跟在老头和老太太后面吃屁。

4. 少女，打羽毛球。

5. 保姆，和少女打羽毛球。

6. 小逼崽儿，比我们还小两三岁，喜欢吹魔幻现实主义牛逼。

上述人物之间缺乏公共交流的可能性，比如说老头只和老太太与狗说话，少女只能和保姆说话，毛主席和谁都不说话。缺乏公共交流，这才是拍婆子的实质性障碍。作为不成功的流氓，我们只能跟小逼崽儿说话。眼巴巴地看了半天，张磊叫过来的只能是一个十三四岁的小孩儿。这孩子他爸好像是总务处的，八一建军节的时候会给各家发富士苹果。

"那孩子你过来。"

那孩子立刻被吓坏了，可他走过来的时候，我们也吓坏了。他居然不能像正常人那样脸朝前行走，而是像螃蟹一样横着挪，而且动作连贯，驾轻就熟，好像打篮球的滑步防守一样。

我和张磊面面相觑："我操。"

那孩子挪到跟前，我们才看出端倪。原因是他的眼睛长得有异于常人：左眼球偏向最左边，右眼球偏向最右边，根本无法直视。如果直着走的话，他势必死于撞击电线杆。那孩子还以为我们要劫他的钱，或者干脆为了练兵而暴捶他一顿，所以一上来就吹魔幻现实主义牛逼："东四六条和展览馆那边儿都是我兄弟，十三匹狼二十六个猎手听说过吗？板儿刀剁手指头，一天两百多根儿。"

我笑着点上一支"希尔顿"烟："那是专切六指儿的大夫。"

张磊则笑嘻嘻地给了他一个代号："螃蟹男。"

"哎。"螃蟹男势如破竹地崩溃了，抽着鼻子说，"大哥我没带钱。"

"不要钱，咱们都是一个院儿的，我要你钱干吗？"我拍拍水泥台阶说，"坐坐。"

螃蟹男战战兢兢地在我们中间坐下，张磊递给他一支"希尔顿"烟："来一支。"

这下螃蟹男就受宠若惊了，他闪烁着两只背道而驰的大眼睛分别仰视我们："谢谢大哥，谢谢大哥。"

张磊这时钩住螃蟹男的脖子说："认识什么婆子吗？"

螃蟹男在香烟的鼓励下，又开始吹起了魔幻现实主义牛逼："东四十条和展览馆那边儿婆子太多了，简直是婆子的大本营，婆子的集散地，八鸡十六只鸳鸯听说过吗？简直就是打炮儿机器，一天两百多炮儿二十四小时不合腿。"

张磊用一记现实主义的嘴巴把螃蟹男抽醒："别扯淡，说点儿实在的。"

螃蟹男委屈地说："大哥，我要有姐姐肯定给你们使。"

我说："这个我信，你女儿也行，不过我们等不了那么久了，只争朝夕。要不你帮我们一个忙吧。"

"把她们叫两个过来。"张磊指着正在打羽毛球的少女们接茬说。

螃蟹男说："我不敢。"

张磊用烟头在他眼前晃了晃："再说不敢？"

螃蟹男只好走过去，没几步又不转身地挪了回来，哭丧着脸说："大哥我还有二十块钱。"

我说："不是钱的事儿，赶紧去。"

这下螃蟹男真哭了，但我们毫不怜悯，连打带踹地给他加油。螃蟹男用左眼看看少女们，又掉了个个儿，用右眼看看同一拨儿人，抽泣着问："叫哪个？"

叫哪个呢？既然要叫，还得挑挑。我们看了半天，摇起了头："Oh， fuck。"

"都没发育。"张磊说。

"或者发育得偏离了轨道。"我说。

"再看看。"

过了一会儿，张磊一拍大腿吼道："可算赶上这拨儿了。"

"全是咸带鱼？"我顺着他指的方向看过去。天哪，那简直是我见过的最漂亮的二十岁以下的女人。她梳着齐肩短发，腰细腿长，胸挺臀翘，提着一个"贝纳通"服装的袋子从操场一侧的林荫道走来，身后还跟着一个扎着马尾辫，看样子像在上小学的小姑娘。

"就是她，把她叫过来。"张磊急促地掐灭烟头，又点上一支。

这下螃蟹男反而笑了，他说："这个简单，让我兄弟叫过来就行了。"

这时他朝远处的一群小逼崽儿招招手："过来！"立刻跑过来一个皮肤黝黑、结结实实的小逼崽儿，高声呼应着他："欧巴，欧巴！"

这个小逼崽儿一只手拿着一只蜻蜓，一只手攥成拳头，跑到我们面前立正。螃蟹男说："这是小哑巴。"

小哑巴说："欧巴，欧巴。"

螃蟹男说："那俩婆子，一个是他大姐，一个是他二姐。"

小哑巴说："欧巴，欧巴。"

螃蟹男说："把她们叫过来，就说大哥想认识认识她们。大哥还想告诉她们什么？"他这时已经像一个得意扬扬的龟奴了。

张磊说："你能让他告诉什么？快去吧。"

这时我们又看到了惊人的一幕：小哑巴"嚯"地吼了一声，好像振奋精神一般蹾了下地，然后飞快地把手里的蜻蜓塞到嘴巴里，又张开另一只手，露出两只甲虫，也塞到嘴巴里，嘎吱嘎吱地嚼了几下，才一边吞咽着一边跑开去了。

张磊做呕吐状："怎么现在的小逼崽儿都他妈基因变异啦？"

螃蟹男解释说："他从小就不会说话，但他认为吃虫子能治好。"

我说："一天吃多少只？"

螃蟹男说："七八十只吧。"

张磊说："他会演变成青蛙的。"

我们遥遥地看着极度的丑向极度的美飞奔过去，小哑巴在林荫道旁站住，理直气壮地欧巴欧巴了几声，然后就一意孤行地跑回来了。那个大美妞和小女孩儿交流了几句什么，居然也跟了过来。

"婆子来啦，婆子来啦。"张磊正襟危坐着，紧张地抽着烟说。

五十米，三十米，二十米， yeah，婆子近在眼前啦。我们眼巴巴地仰着头，都不敢站起来，因为她长得真高，足有一米七五，腿像仙鹤一样倔强地立着。面白无瑕，眼睛大得像非洲羚羊。

在我们咽口水的时候，大美妞对我们说话啦："你们是我弟弟的小伴儿？"

这立刻就让我们沮丧了，她把我们视为和小逼崽儿同样的存在物。

大美妞继续说："你们应该互相帮助，让他改改吃虫子的坏习惯。"

张磊这才想起来，应该像老流氓一样从容，他站起来，点点烟灰说："我们应该向他学习，他是一益虫。"

大美妞立刻尖笑起来，简直让我心荡神驰。她说："蜻蜓也是益虫。他要真是益虫，就应该吃大蛆。"

张磊慢慢进入状态了："广东那边管这叫肉芽。"

大美妞又尖笑起来："别逗啦。"

张磊渐入佳境，继续逗："你以前当过模特吗？"

大美妞说："我有那么老么？我是准备当模特。"

张磊还想说，大美妞却一扭，回眸，甜笑："你们玩儿，我先回去啦。"

张磊立刻追上去："我送你回家。"

大美妞没有拒绝，张磊就像豹子后面捡食的豺狗一样嗅着追了上去。他一边摇头摆尾地跟着，一边回过头来对我唇语："哥们儿先探探路。"

拍婆子对他来说已经很简单了，对我来说却仍然万分艰难，我只能坐在台阶上，身边围着螃蟹男、小哑巴和十一二岁的小女孩儿。我重新被失败主义笼罩，无所事事地抽起了"希尔顿"香烟。螃蟹男一只眼睛看出我情绪不好，所以心惊肉跳，但另一只眼睛却有了新发现，所以热情洋溢，他对小哑巴说："瓢虫瓢虫！"

他斜侧面的花坛底下，爬行着几只斑斓的七星瓢虫，小哑巴闻讯立刻冲过去，把它们抓在手里，然后像吃 m&m 巧克力豆一样细细享用。这时我实在不想看他们两个，就扭过头去看看小女孩儿。她表情倔强，但眼神空洞，一副看破一切的颓废神童的样子。对于一个食蚁兽一般的弟弟，她见怪不怪，好像什么都没发生一样，过了一会儿才幽然说：

"今儿晚上夜宵又省了。"

发现我看她以后，她依然面无表情，却向我伸出两个半透明的手指："发根儿烟抽。"

我打开烟盒，抖出烟来，看着她熟练地抽出一支点上。薄薄的嘴唇似动非动地喷出一股浓烟，接着小巧玲珑的鼻孔也开始冒烟。我还以为她就是想抽着玩儿呢，没想到她连"过桥"都会，俨然一个无所用心的老烟枪。

"这两年的'希尔顿'不好抽了，有股臭味儿。"她瓮声瓮气地说。

我说："你道儿还挺深。"

她说："我平常都不抽外烟儿，我抽云烟。"

我说："你从几岁开始抽的？"

她说："八岁。"

"你们家人不管你？"

"青春期抽烟才是坏孩子，我还没到青春期呢。"

"你们家人还真想得开。"

"那还能想不开，难道我戒不了他们就自杀？"

我说："以前没怎么在院儿里见过你们，新搬来的？"

她说："原来住'二炮'，清河那边儿。"

我说："你们家孩子够多的。"

她说："计生办不敢管我们家。不过我们家孩子都有毛病，我抽烟，我弟吃虫子。"

我说："你姐呢？你姐看着挺正常的啊。"

她压低声音说："我姐是个自残爱好者。每天晚上都玩儿，没人看着的时候就用刀片割手指，用绳子捆大腿，让肌肉坏死。"

我难以想象那样的姑娘会有这种爱好："为什

么啊？"

小女孩儿声音更低了："她说她饿。"

这么说完，小女孩儿的身体忽然在晚风中瑟瑟发抖。此时正是夏天，白天暴晒的酷热未消，操场上绝不冷。我想她是被这里泛着青草味儿的忧郁击中了，和我一样，所有的年轻人都躲不开这一击。从这个角度讲，她已经进入了青春期。

小女孩儿说："再给我一支烟。"

她点上烟后，又说："我的辫子松了，你给我系一下。"

这是我第一次为异性梳理头发，虽然对象只是个十一二岁、喜爱抽烟的小女孩儿，但留在我指尖的触觉仍然薄若蝉翼，柔如月光。她耳朵的后轮廓和颈上的茸毛闪闪发亮，微微颤抖，头像小猫一样低伏。我惘然若失，系风捕影般地帮她绑了几次都没有绑牢，最后终于勉强完成。

"你是第一个帮我绑辫子的人。"她用夹烟的手抚摸着辫根说。这话让我像跳进秋天的湖水一样，所有的感官都透亮了。

在"团结紧张，严肃活泼"的标语下面，我们目睹着天色像手旋开关的电灯一样变暗，往常到了这时候，我和张磊都要去食堂的小吃部要一把羊肉串，喝两瓶啤酒。但张磊还没有回来，看来他进展得很顺利，今天晚上不会和我去共享低级感官娱乐了。多么荒诞的生活，只要死皮赖脸地跟着一个姑娘，你就能如愿以偿。

在小女孩抽完第十二支"希尔顿"香烟时，我站起来，拍拍屁股，想要回家了。我走过小花园，穿过小树林的时候，才发现她一直在后面跟着我。

"你怎么不回家？"我说。

"回家也没事儿干。"她说。

我说："我有事儿。"

她说："那你忙去吧。"说完她轻轻地转身走了回去，像野猫一样轻盈地跳过花园，融化在篮球场的白炽灯光下了。

我到军人服务社买了盒烟，又在院儿里转悠了一圈，然后独自到食堂吃了羊肉串，喝了啤酒，嘴里寡淡无味，仍然不想回家。此时已经九点多钟了，我到张磊家楼下看了一眼，他房间的灯还黑着。我抽着烟，重新回到操场。

刚一到操场，那三个小孩儿立刻像灯光下的蛾子一样围了过来。螃蟹男一边横着跑一边说："大哥，大哥，出事儿了。"

小女孩儿严肃地指责我："你刚才为什么不在？"

小哑巴说："欧巴，欧巴。"

我说："怎么了？"

螃蟹男说："跟你一块儿的那个大哥让人打了。"

我说："让谁打了？"

螃蟹男耸人听闻地说："鲁炮儿，鲁炮儿！"

"我操。"我也吓坏了，"鲁炮儿。我那哥们儿怎么惹鲁炮儿了？"

小女孩儿说："他跟着我姐回家，鲁炮儿在楼道门口等着我姐呢。见面儿什么也没说，脱下大皮鞋就打，登时就花了。"

"我操，"我只能说，"我操。"

螃蟹男问我："那怎么办？"

"什么怎么办？"我说，"现在他们人呢？"

螃蟹男说："鲁炮儿把那大哥揪走了，说要跟他好好谈谈。"

这不是很简单嘛，张磊同志完蛋操了。我无可奈何地摊开了手。螃蟹男却非常信赖地说："现在怎么着？咱们怎么把他救出来？"

救出来？我心慌意乱地说："是得救出来。到哪儿救去啊？"

螃蟹男说："咱们到鲁炮儿家去，抄了丫的。"

这时候我知道他又要进行魔幻现实主义叙述了。果不其然，螃蟹男两只斜眼扑朔迷离，唾沫星子飞溅地说："可惜我六条儿那帮哥们儿不在，否则三十多把板儿刀，丫鲁炮就是每只手长三十根儿手指头也不够他们剁的。我在护城河那边儿还有俩叔叔，都是四张儿多的老炮儿，'文革'的时候霸占西单游泳馆，血染游泳池，一人一把军刺……"

我懒得搭理他，把小女孩儿拉到一边儿："你姐呢？"

小女孩儿说："出事儿以后，我姐也没回家。不过我能找着她。"

我说："先找你姐去。"

我跟着小女孩儿往军人俱乐部方向走去，螃蟹男喋喋不休，和小哑巴跟着我。我停下来问："你们跟着我干吗？"

螃蟹男说："我不是一直就跟着你吗？我是义无反顾了。"

说实话我是真有心置张磊于不顾了，不过螃蟹男像个比皇上还积极的太监，让我没法儿不表现出一点儿仗义。他一路上一直讨论着我们应该如何"铲了丫鲁炮儿"。

军人俱乐部后面有一个破旧的停车场，我们在丛生的杂草中走过去。小女孩儿夹着烟说："我姐老偷偷来这儿。"

借着月光和俱乐部背面的探照灯光线，我看到巨大的木质车库门下蹲着一个人影，她的头发在晚风里微微抖动。我忍住战栗的冲动，向那个曲线飘逸的人影走过去，认出正是小女孩儿的姐姐，张磊试图尾随的大美妞儿。她靠着墙角蹲着，手撑在下巴上，虽然表情模糊不清，但让人感到眼神专心致志。

但走近之后，我看到她托住下巴的手里还拿着一样东西，在月光下幽幽发亮。一直走到面前，我才看清那是一个刮胡刀片。她专注地凝视着刀片，就像收藏家在灯下鉴赏古玩，或者少女把玩着情人的信物。看上一会儿，她便张开嘴，伸出舌头，馋嘴似的去舔刀锋。刀锋过处，舌头立刻被割出了细小的伤口，血珠从她的指尖滑落，而地面已经密布了一片血迹了。

我像受惊的动物一样无法言喻地惊叫起来，她好像这时才发现我，扭过头来，粲然笑了，连牙齿缝都是鲜红一片。

还是螃蟹男勇敢地说："我大哥让人打了。"

小女孩则像问陌路人一样对她姐姐说："那人让鲁炮儿带到哪儿去了？"

小女孩儿的姐姐仿佛倍感无聊一样说："又没我事儿，问我干吗？"

我嗓子哽哽的，还是说不出话来，小女孩儿的姐姐对我说："你想找谁，就到他们家找去，我哪儿有心思管这些破事儿。"

我立刻掉头就走，恍惚感到地上开满了梅花。

回到操场，螃蟹男说："大哥，怎么办？"

我这才缓过神来，看看表，还不到十点。不管怎么样，都得去找找张磊。我说："你们先等着，我到图书馆拉俩人来。"

螃蟹男登时振奋地说："我打过群架！我给你们搜罗板儿砖去。"

小女孩不作一声地跟着我。我穿过晚上格外浓密的树影，走出院门，来到隔壁的医学院图书馆。我认识的不少人都喜欢在这里的录像厅看美国电影。我对小女孩说："你在门口等着我。"然后向看门人出示了阅览证，到录像厅转了一圈，但时间太晚了，看录像的人都回家了。那些人绝对不会到楼上去和医学院的学生一起上自习的，我明知这点，但还是上了楼，在巨大的期刊阅览室里逛游着。没走几步，却听见有人言之凿凿地说：

"梅毒三期！你看烂成这样儿，这就是梅毒三期！"

另一个人说："不会是开水烫过吧？"

我循声过去，看见两个男青年正在捧着一本英文期刊，一本正经地研究一幅女性阴部的照片。他们看到我，惊奇地说："你到这儿干吗？"

这两个人是另一个院儿的，我们曾经一起在游戏厅勒索过小学生。胖一点的叫孙亮，瘦一点的叫熊伟，我对他们说："有点儿事儿。"

"什么事儿？"他们露出苦于没事儿干的仗义。

我说："张磊让人捶了。"

"你找人干的？捶得好！"孙亮击掌喝道，"我他妈早就想捶丫的了。"

我说："不是不是，我是帮张磊拉人来的。"

孙亮愣了一下，马上说： "你的事儿就是我的事儿！"

熊伟和道："谁敢捶张磊，我们非花了丫的！"

于是我就带着这两个没理性的仗义狂下了楼，但没敢告诉他们要去找鲁炮儿。我知道，那样的话他们很可能会立刻逃窜的。

在楼下看到叼着烟沉思的小女孩儿后，孙亮用鉴赏的口吻说："你马子？有气质。"说完以后表现出一副对朋友妻的尊敬态度——两眼深沉地看着自己的鼻梁。

从这个细节里，我感到生活简直荒诞得不可言喻。我很想把他们带到亮处，让孙亮看看"我马子"还没发育哪。但想到孙亮这种傻逼会干脆将我当成一个纯情的流氓，我就没信心跟他较真儿了。

于是我带着两个迎风流着口水的男青年，伙同抽烟不止的女青年回到院儿里，和螃蟹男以及小哑巴会合。孙亮果然煞有介事地指着螃蟹男问我："你小弟？一看就是猛将。"

他和熊伟摆出了一副其他地盘的老大的样子，表情肃穆，就差摆出一个关二哥相了。

　　而螃蟹男他们高兴得简直像过节一样，他们认为自己终于和真正的流氓混在一起了。螃蟹男横着递给我们一人一块砖头："我在礼堂后面的工地偷的。"

　　一块儿砖头能卖八分钱呢。孙亮派头十足，极其满意："会办事儿，哥儿几个会办事儿，上次二院的几个孩子拉我们过去碴架，连家伙都没备，哥们儿差点儿跟他们丫的翻脸。"

　　熊伟掂量着砖头问："张磊呢？给人花成什么样儿了？"

　　我说："到地方就看见啦。"

　　于是我们在凉爽的晚风中，行色匆匆地向鲁炮儿家走去。路人看见我们，居然熟视无睹，一个老太太和蔼地问我："还不回家看电视去？"

　　我说："不看啦。"

　　她说："上几年级啦？"

　　我说："高一啦。"

　　她说："上高中以后，男生的成绩就要比女生好了吧？"

　　我说："对呀，女生总是肚子疼。"

　　一直到了鲁炮儿他们家楼道口，我才对孙亮说："就这家儿。"

孙亮看了看门牌号，深沉地点了点头，随后对螃蟹男说："你俩一个站在街这头，一个站在街那头，帮我们望风儿，一会儿打起来，警卫连的大兵一过来，你们就打个匪哨儿。"

螃蟹男拍着胸脯说："我一人就能同时望两头。"

孙亮说："有潜力。会匪哨儿吗？"

螃蟹男指着小哑巴说："他会。"

刚说完，小哑巴就张大了嘴，尖叫起来，简直像动物园野禽馆里充斥的那种叫声。大家被震得直捂耳朵："我知道他为什么不会说话啦，他长的根本就不是人的声带。"

最后，孙亮冷静地对小女孩儿说： "女的就别去了。"

我走上鲁炮儿家的台阶，准备敲门。鲁炮儿家住一楼，我回头望望孙亮和熊伟，他们手拎砖头，翻着白眼儿，轻松自如。敲了几下，没人回声儿，我又回头看看孙亮和熊伟，他们手拎砖头，翻着白眼儿，轻松自如。我改成大力拍门，高声叫骂："孙子，开门！"一边骂一边再回头看看孙亮和熊伟时，这俩孙子已经没影儿了。

我赶紧追出楼道，看见孙亮和熊伟一路没命地跑着，一边跑，孙亮一边对熊伟说："还拿着砖头干吗？"

说完两个人就把砖头扔到路边的草坪里。螃蟹男奇怪地问："大哥，跑什么？"小哑巴兴奋地又叫了起来。强弓硬弩一般的尖叫声中，小女孩儿抬起手，手指干脆地一弹，烟头就迎风飞去，画了个星光点点的弧线，正好落进孙亮的后脖梗子里。孙亮一边跑，一边被烫得乱蹦乱跳，嘴里咝咝有声，好像被踩到尾巴的蜥蜴一样。

而我刚想和他们一块儿逃跑，鲁炮儿已经拎着菜刀出来啦："那孩子，你过来。"

"那孩子，说你呢。"

"那孩子，快点儿。"

"那孩子，进门吧。"

鲁炮儿又肥又白，光着膀子，胸毛比腋毛还丰盛，让人怀疑他自己刮过。他懒洋洋地拎着一把破菜刀，菜刀的刀刃儿破了好几个口儿，也不知是剁排骨的成果，还是剁人的成果。我心里一片冰凉，跟着他进门，刚想有礼貌地把砖头放在门口，他大大咧咧地说：

"砖头就拿着吧，我还怕你拿砖头？"

我只好双手端着砖头，好像送餐的服务员一样跟进了门。他家里平庸无奇，像大院儿里的其他干部家庭一样，摆放着国产名牌家具、日本电器和一辆"捷安特"山地车。鲁炮儿弯下腰去，脱下著名的大皮鞋，我刚想也跟着脱，他又说：

"别脱啦，你脱鞋有什么用？"

然后他就一手拎着菜刀，一手拿着一只大皮鞋，一脚高一脚低地把我带进了客厅。更让我恐惧的地方，在于客厅的沙发旁边，居然仰面躺着一个老头儿。他紧闭双眼，两腿僵直，秃顶上的乱发向一边耷拉着，夏天还穿着一件毛背心。

我正不知所措，鲁炮儿却毫不见外地说："愣着干吗？还不快帮把手？"

说着，他就把两只手插进老头儿的腋下，憋着劲儿搬起来。我赶紧把砖头放下，抱住老头儿的两只脚，跟他一起用力，一二三，把老头儿放在了沙发上。

刚一放下，老头儿就醒了。他捂住脑袋顶，含糊不清地说："家门不幸啊。"

"让你丫再说。"鲁炮儿说着就抡起大皮鞋，照着他爸头顶就是一下，砰的一声，比敲鼓还响。在老头儿的耳朵里，这一下可能比打雷还响——或者根本就没有响声——打多了，习以为常了。

老头儿挨了打，脑袋一歪，又躺在沙发上，却继续说："有没有人管管啊？"

鲁炮儿同情地说："没人管。"说完又是砰砰两下。

老头儿正在继续感叹，这两下儿顿时让他咬了舌头。他吸吸溜溜地捂着嘴，非常害羞地说："你看我这爹当的。"

鲁炮儿这时把大皮鞋递到他爸嘴边，说："咬住。"

他爸像挑食的孩子一样躲开说："不咬。"

鲁炮儿循循善诱地威胁道："那就别说话。"

接着他又把菜刀递到我面前。我立刻张开嘴说："我咬，我咬。"

鲁炮儿像宽容地对待痴呆患者一样笑了："不是让你咬。"

我说："那干吗？"

鲁炮儿说："剁手啊。"

我说："剁——哪只手？"

鲁炮儿说："这倒是个问题。你是不是左撇子？"

我说："不是。"

鲁炮儿说：　"那你就是准备用右手拿板儿砖拍我了——剁右手吧。"

虽然已经料想到这种结局了，但我还是一身冷汗，僵在原地了。鲁炮儿看着我，我也看着他，却不敢盯着他的眼睛。我只有一只右手啊，剁完之后，很多事儿就不能干了：不能打键盘、不能弹钢琴、不能打篮球。但是鲁炮儿正在坚决而又温和地敦促着我，让我想不出拒绝的理由。

这时候还是老头儿打破了僵局。他忽然大恸地喊道："孩子，这可是犯法的啊。"

鲁炮儿耐心地向他解释："是他自己剁，剁自己不犯法，我也不犯法，我们都不犯法。"

老头儿还是说：　"孩子，咱可千万不能惹大事儿啊。"

这时鲁炮儿忽然奇怪地说："咦，谁让你说话啦？"

老头儿像犯黠的孩子一样抱紧了大皮鞋，紧张地盯住鲁炮儿，示意他已经缴获了儿子殴打他的工具。而鲁炮儿则无奈地摇摇头，脱下另一只脚上的大皮鞋，照着他的脑袋顶，砰砰，又是两下。

鲁炮儿一边打，还一边对我说：　"你剁不剁，剁不剁！"

我拿着菜刀，忽然意识到自己除了剁自己之外，还有一个选择，就是把鲁炮儿给剁了。但是老头儿推心置腹的劝告仿佛又是对我说的："孩子，咱可不能惹大事儿啊。"

本来我就没那个胆量，现在就更没胆量了。但是这时候，门突然又被敲响了。鲁炮儿纳闷地说："怎么还有人？"他拿着大皮鞋，威风凛凛地走出去开门，剩下我和老头儿两个家伙，对视着，不知道说什么好。

过了一会儿，鲁炮儿带着莫名其妙的表情走进来，摇头晃脑地说："我操，现在怎么什么人都想当流氓！"

后面跟进来三个人，正是小女孩儿、螃蟹男和小哑巴。小女孩儿还在冷漠孤傲地抽着烟，螃蟹男兴奋地横着走，小哑巴则手持两条蚯蚓，仰着头，慢慢地把它们放进嘴里，接着像吃面条一样，吱溜一声，吮了进去。

对于这几个孩子，鲁炮儿只能哭笑不得地说："你们他妈要干什么？"

螃蟹男兴高采烈地说："拍你丫的。"

小女孩儿对螃蟹男说："歇一边儿去。"她看了我一眼，什么也没有说，我感到她的眼神儿都快把这间屋子变成冷库了。

老头儿这时对鲁炮儿说："你要有火儿，打你爸就行啦。"

小女孩儿却对鲁炮儿说："咱们谈谈吧。"

鲁炮儿当然对这个提议不屑一顾："还是让你姐来跟我谈吧。她老躲着我干吗？"

小女孩儿说："那是她的事儿。我想跟你谈谈。"

鲁炮儿说："等你长到戴胸罩的年龄再跟我谈吧。"

螃蟹男这时赞叹道："纯流氓，纯流氓。"

小女孩儿说："等那时候就晚啦。"

鲁炮儿说："你这么迫不及待？"

小女孩儿这时问鲁炮儿："你今年多大啦？"

鲁炮儿说："二十九，怎么了？"他忽然不愉快起来，好像认为回答了小女孩儿的问题很丢人。

小女孩儿说："再过十年，你就三十九啦，那时候我们一个二十六，两个二十三，一个二十二。再过十年呢，你都快五十了，我们也就三十出头。那时候你打得过我们吗？"

鲁炮儿忽然笑了："你想得还挺长远。"

小女孩儿说："所以你今天有两条路：一、把我们都杀喽，一个别留；二、让我们走，这事儿就算了了。要不等到十年以后，二十年以后，你就变成他这样啦。"她说着指指老头儿，"他过去也没少打你吧？"

老头儿顿时触景生情："对呀，我那时候怎么不打死你呀？"

鲁炮儿正想勃然大怒，小女孩儿却伸出一个指头让他安静下来："别激动，有点儿理智，考虑考虑。"

老头儿老泪纵横，后悔了一会儿，却扯扯鲁炮儿的大裤衩："说得有道理呀，儿子，等你变成我这样儿，后悔都来不及。我劝你还是给自己留条后路吧。年轻打人，老了被人打，我犯过这个错误啦，你可不要再犯呀。"

鲁炮儿一把甩开他说："你他妈什么时候关心过我？"

老头儿委屈地说："我一直都关心你的嘛。"

鲁炮儿怒吼道："放屁，你那时候一直忙着搞小老婆，搞打字员，搞秘书，现在倒说关心我啦！"

老头儿说："我又没搞出第二个儿子，当然还是关心你啦。你的大皮鞋是谁给你买的？从小你就爱穿大皮鞋，所以我每年在你生日的时候，都会送给你一双大皮鞋。"

　　这个时候鲁炮儿往窗台上望去，只见那儿齐刷刷地摆着一排大皮鞋，有陆军配备的作训靴，有翻毛登山鞋，还有昂贵的"CAT"牌皮鞋。足有十几双大皮鞋，这些大皮鞋一定陪伴他走过了十几年，也在他爸的头顶上印下了无数鞋印。他看看大皮鞋们，看看老头儿，又看看我们，最后目光又落在客厅中央的一幅中年妇女半身像上面。他忽然像无缘无故裂开的鸡蛋一样，嗷嗷两声，一只眼睛流下了一滴眼泪。他悲痛地说："妈妈，你死得早啊。"

　　老头儿趁机说："所以只有我们两个相依为命啦。"

　　鲁炮儿说："所以你才会出去乱搞啊。"

　　老头儿说："我那是想给你找一后妈呀。"

　　鲁炮儿说："所以我才会变得这么混蛋呀。"

　　老头儿说："这不怪你，我也有责任，我没照顾好你呀。"

　　鲁炮儿忽然悲切地说："爸爸！"

　　老头儿伤感地喊出了乳名："炮炮儿！"

　　鲁炮儿说："我已经这么混啦，估计也改不好了，以后可能还会打您，所以我要送您一个安全帽儿，我一打，您就戴上它。"

老头儿说："没关系，我习惯啦，不打两下还会偏头疼呢。"

他们说着说着，就开始抱头痛哭起来啦。鲁炮儿一边儿号啕，一边儿用大皮鞋打自己的脑袋："混蛋混蛋混蛋！"

老头儿从鲁炮儿的肩膀里挣扎着钻出来，攥住鲁炮儿的手，并对墙上的遗像深情地说："他妈妈，咱们的孩子长大啦！"

我操，都快三十了，才刚他妈长大啦。我和小女孩儿他们忽然像被世界上最强的幽默感击中了，面面相觑，互相只有一个冲动，就是疯狂地哈哈大笑。为什么这个世界上到处都有亲情大戏，不光电视里有、舞台里有、无聊的书里有，就连流氓家都有，而且开演的时候，一点兆头都没有，突然之间，亲情就来啦，比狗和狗翻脸还没理由。真是他娘的太幽默了！我们想笑又不敢笑，想笑又觉得不合适，最后只能干抿嘴。

鲁炮儿捶胸顿足了一会儿，才算看见我们，奇怪地说："你们他娘的怎么还不走？"

我们只好把砖头捧起来，迅速往门外走。临走的时候，螃蟹男还说："既然这样，等你老了我们就不打你了。"

而那老头儿居然心满意足地说："孩子们，要好好学习呀。"

我们出了门，大家立刻咯咯地笑起来，小女孩儿说："刚才那一幕怎么这么假呀，他们丫的是装的吧？"这还是我第一次看见她开怀大笑呢，好像怒放的梨花一样清丽动人。

而在我和小女孩儿对着火点烟的时候，张磊忽然又出现了。他的两只眼睛被打得像浣熊一样，鼻子都歪了，鼻血一直流到嘴里，脑门上还清晰地印着一个大鞋印。他手里拎着一把菜刀，咬牙切齿地吼道："鲁炮儿，我非劈了你丫不可。"

我心不在焉地拍拍他的肩膀说："算啦，鲁炮儿已经被我们铲了，你听，打得丫挺的在家直哭。"

这时候，我觉得浪子回头实在是世界上最傻逼、最无聊的故事，当流氓也是一件最没劲的事了。连这个理想都让人提不起兴趣，我只能回到学校，奋力考取高等学府了。

下：人人热爱老迈克尔

我在高等学府一待就是四年，成绩优异，傻逼呵呵。我在课堂上说，我要献身学术；我在班会上说，我要献身理想；我在社会活动上说，我要献身市场经济大潮；我在志愿者协会说，我要献身爱心行动；我在女朋友的耳朵旁边说，我要献身给你。

这一献，就是四年，光献身给女朋友，就献了四个，平均一年献一个。献到后来，我发现，现在无论什么单位、组织还是个人，没谁真心实意地愿意接受你的献身；而这个世界上想要献身的人又太他娘的多了，在哭着喊着献身的洪流中，多了一个不多，少了一个不少，谁也一点便宜都别想占着。

而在第四年，幸亏及时发现，干净利索，我才阻止了一次迫在眉睫的献身——我女友的子宫里，一个胎儿正准备献身于这个充满幽默感的世界。我在课余时间献身了电视台的编辑工作，用以出资让她暂时献身妇产科手术台，当然还要信誓旦旦地保证，我将永久性地献身

235

于她。

但在毕业的那个夏天，我果断地退掉了租来的房子、辞掉了找好的工作、停用了手机，将她永远扔在了火车开走的方向。我又一次悬崖勒马，终止了献身给婚姻的路程。

发现没地方去了之后，我才回到了从小生长的大院儿。这时候我被烙上了雅皮士的油腔滑调、轻浮的笑以及假装推心置腹的态度。作为一个体面人，我和原来厮混的人早就断绝了来往，但当很多年以后再听到他们的消息，才发现同龄人都在奔向体面的道路上一往无前。孙亮和熊伟一个成为解放军中尉，一个成了国家机关的部门乒乓球明星，最夸张的是张磊，他已经成了一家小型私有企业的老板，买了一辆二手别克汽车，多次因夜间酒后驾车被捕，接受盘问时诚恳地对警察说：

"咱们这不都是为了事业么。"

他还对警察说："男人压力大啊。"

至于著名流氓鲁炮儿，他和他的大皮鞋以及爸爸从院儿里消失很久了，留下一套空房。有人说他们移民了，还有人说鲁炮儿把他爸打死了。

这个时候流氓最爱的"希尔顿"牌香烟也在烟摊上

绝迹了，我在电视台熬夜的时候，改抽了日本"七星"。
我抽着烟，从出租车上下来，慢慢地走进院儿门，望了
望自己家窗户。窗口黑暗，楼下的车位空着。我爸妈一
定开着那辆所有中年人都喜欢的大排量本田轿车到郊区
住去了。

假如这个时候上楼，我一定会被恍若隔世的感觉击
昏在地，有可能再也醒不过来了。于是我把装书和 CD 机
的背包放在门口，自己晃晃悠悠地来到操场。

我坐在"团结紧张，严肃活泼"的标语下面，看着
毛主席、老干部和打羽毛球的少女们。毛主席好像永远
在打车，退休老干部换了一茬又一茬，但永远有资格响
亮地放屁，少女们都带着保姆。新的小逼崽儿也出现
了，他们的耐克鞋款式已经和我们当初的差别很大了。
坐了一会儿，我想到食堂小吃部去吃几串羊肉串，喝一
瓶啤酒，但走过去却发现那儿已经承包给了一个温州
人，改成了"干部足疗俱乐部"，校官以上可以打八折。

我像多年以前一样颓唐，走回操场，但在这时却听
到了轰隆轰隆的音乐声。

操场旁的林荫道灯光辉煌，一辆出租车毫无预兆地

突然停住，跳出来几个十七八岁的孩子。他们都穿着无比肥大的裤子、超大款"洛杉矶湖人队"或"休斯敦火箭队"的队服，还有的穿着卡腰立领的复古衬衫。他们的腰上都挂着磨旧的金属链子，背着足球运动员训练用的枕装包。他们的头发五颜六色，有红的、黄的和绿的。一个瘦高瘦高的红发姑娘手里拎着一个便携式CD唱机，那就是震耳欲聋的音乐源头。

由于经常在电视台的音像资料室里和一个姑娘吃盒饭聊天，我能听出CD机里放的是一个美国人艾米纳姆的说唱乐。由于没有参加过托福听力考试，我除了"fuck"之外，根本听不懂那些高频率念出的歌词在说什么。

那些年轻人像一撮雨后的毒蘑菇一般，鲜艳夺目地走到操场上来。随后我立刻认出了他们，因为我看到了螃蟹男。此时的螃蟹男，居然能骑着一辆小型摩托车跟在出租车后面，由于视野的限制，他没法儿正跨在车上，只能像电影里的民国村妞儿骑驴一样，侧坐在车座上，用一只手握着车把。

螃蟹男斜着伸出脚踩刹车，并在摩托车歪倒之前跳到地上。他横行霸道地钻进同伴之间，紧贴着拿CD唱机的姑娘走。而那姑娘立刻也亮出了招牌动作：她掏出一个火苗粗壮的打火机点燃了一支烟。

我眯着眼看着他们走过来，他们走到篮球场上停了下来，几个人不屑一顾地扫着我。我听到他们小声说：

"那孙子坐那儿干吗呢？不知道咱们天天在这儿呀？"

"给丫轰走。"

最后还是那姑娘说："算了算了，甭理丫的，该干吗干吗，都快比赛了，别惹事儿。"

他们浑身不自在地跳上"团结紧张，严肃活泼"的主席台，把音乐声放得更大了。然后螃蟹男居然抽起筋来，一边抽一边对大家说："这是一种南美的舞步。"

其他人则有模有样地开始操练北美街舞，无非是模仿机器人、太空人或以头为轴在地上做陀螺状那一套。跳得最投入的是长壮了许多的小哑巴，他的 T 恤衫上画了一只巨大的蜻蜓，嘴里欧巴欧巴地乱叫，汗水乱溅。

而螃蟹男的特长仍然是语言，他不但发扬了吹魔幻现实主义牛逼的传统，而且还能有节奏地吹、押着韵吹。这种吹法儿也就是 hip-hop 音乐的诀窍：

"Yo-yo——台下的傻逼现在不要走——不要害怕我的粗口——不要东张西望也不要回头——不要不给面子我

们一起点点头——跟着音乐点点头——再点点头——你可能会流汗——因为碰见我 cram man——让我每秒钟念上八十八个字把你吓翻——你可以打听一下——近到展览馆——远到玉泉山——我的说唱独一无二魔力无边。"

他一边说，一边剧烈地抽动，好像出了故障的电动玩具一样。这个样子真是让我想大笑个两分钟。我想起上高中的时候，我们也是用这个态度模仿摇滚乐的，我和张磊脑袋上扎着一块红布，一人拿着一根扫帚在他们家的组合音响前乱吼：

"可是进进出出才知道，是无边的空虚……"

那个时候可真是空虚呀。

我不禁扭过头去，看着那些狂跳街舞的年轻人，这才发现抽着烟的小姑娘也在看着我。她果然就是那个小女孩儿，她从小就冷漠地抽烟、有一个自虐狂姐姐、曾经娓娓道来地跟鲁炮儿讲道理。

我的脸僵了好久才对她露出一个笑容，她立刻轻快地跑过来说："优等生。"

我说："我什么时候成优等生了？"

她瞪大眼睛，惊诧地说："你不知道啊？从你考上高等学府以后，我们院儿的家长都拿你教育我们。"

我只能说："何足挂齿。"

她说："瞧，你现在说话多文气。"

我挺起腰来，在晚风里舒展了一下身体，拿出烟来递给她。她看了看牌子说："抽我的。"接着就递给我一盒"玉溪"牌香烟。

"档次够高的。"我一边点火一边说。

"我爸的。"她说。

她的红头发在消瘦的肩膀上披散着，瑟瑟飘荡，曾几何时，我第一个为她扎起了辫子。她一口一口地抽着烟，烟雾中唇红齿白，目光冷漠。

我问她："你姐姐呢？"

她说："上法国去了。"

我说："出国了？"

她说："明儿下午回来。"

我这才知道，她姐姐没有成为模特，而是当上了一名空姐。假如飞机上不让随身携带刀片的话，她会在卫生间里如饥似渴地用舌头舔什么呢？

我说："那你呢？你在哪儿上学？"

她说了一所大学办的高中预科班，那儿的学生只学外语，然后可以到英联邦的三流学校留学。不光是她，还有螃蟹男和小哑巴，都准备自费去新西兰留学了。当然小哑巴不用学英语了。新西兰的蜻蜓和蟑螂格外大，够他吃个饱的。

问完这些，我沉默了一会儿，又没话找话："你们在这儿干什么呢？跳街舞为什么不去 JJ disco？"

她说："我们在练习呢，我们要参加电视台的青春舞蹈大赛，获奖的话可以去舞蹈学院进修，那样就不用出国留学了。"

我说："获奖了吗？"

她说："刚开始预赛，还有复赛和决赛呢。两千多个人里面选十个，太难了。"

我问："这比赛，哪家电视台办的？"

她说了一家电视台，正好是我做编辑的那家。而那个街舞大赛的筹委会正好在我所在的节目组隔壁，我总能看见一群行动缓慢的胖子在那儿复印照片，打印文件，打电话订盒饭。其中一个胖子总和我探讨阿尔·帕西诺和罗伯特·德尼罗谁是好莱坞最性感的老头儿。我告诉小女孩儿，他们比赛的事儿，我可以帮上忙。我给爱好好莱坞电影的胖子打了个电话，告诉了他小女孩儿他们的身份证号码。

"预赛归我管，通过没问题，复赛以后是舞蹈学院的专家负责，那时候就只能听天由命了。"

"没事儿，过一关是一关。"我说。然后我只能承认，罗伯特·德尼罗比阿尔·帕西诺更抢眼一点，因为他个头儿高。

小女孩兴奋地抱住我的胳膊："谢谢大哥！"

"别客气，这都是大哥应该做的。"我舒坦地笑着。这时候螃蟹男和小哑巴他们已经停止练习，跑到篮球场上去打篮球了。他们的超大款队服晃晃荡荡，他们的复古耐克鞋吱吱作响。我和小女孩儿也跑过去，跟他们一起投篮。螃蟹男和小哑巴也认出了我，浑身是汗地过来打招呼。我们一个接一个地在两分线附近投篮，螃蟹男没法直视，只能侧着往篮圈里扔，小哑巴则是个运动健将，投篮姿势标准，命中率极高。我在高中和大学低年级的时候，还是一把好手，但现在明显两臂无力，经常投得像肾虚患者的小便一样。小女孩叼着烟，冷漠地用两手把篮球往篮圈里扔，大多数都没有投到。

螃蟹男一边忙不迭地抢球，一边和其他两个孩子争论，到底是科比·布莱恩特的技术好，还是文森·卡特更出色：

"丫卡特就是一农民，仗着跳得高，在人家脑袋上乱扣，其实技术特次。"

"科比关键时刻老犯晕，浪费机会，没有奥尼尔，丫什么都不行。"

他们争论了一会儿，还不忘对我表示尊敬："大哥你说呢，你支持谁？"

几年前，我也热衷于收看 NBA 篮球比赛，但后来自己不打篮球了，就没原来那么爱看了。科比·布莱恩特和文森·卡特这些年轻球员，我只会偶尔在运动鞋柜台前看到他们的广告，至于比赛基本上没看过。我愣了愣，回想自己很久以前看过的比赛，最后说：

"迈克尔·乔丹，我还是觉得乔丹最好。"

小青年们大失所望："操，乔丹都是什么年代的人了！现在都四十了吧？跳都跳不起来，退役好几年了。"

我说："我就看过乔丹的比赛。"

小青年们说："您不知道江湖后浪推前浪啊？"

我说："后来的人我都不认识了。"

不过小青年们还是很给我面子，螃蟹男做出公允的样子说："不过得承认，乔丹还是历史上最好的得分后卫。"

我说： "就是，那时候我们宿舍都挂着乔丹的海报。"

小青年们又兴奋起来，纷纷表示，他们也看过乔丹的精彩片段录像，一边说，一边模仿起乔丹空中换手上篮和后仰跳投来。

玩儿了一会儿，大家决定分拨儿打三对三斗牛比赛。我和螃蟹男、小女孩儿一拨儿，小哑巴和另外两个黄头发的小青年一拨儿。打起来之后，我才发现小女孩儿和螃蟹男完全是毫无用处的队友，他们只会乱叫着挥舞胳膊，小女孩儿不停地尖叫，虚张声势，总是被晃得团团转。好在另外两个黄头发的小青年也是半瓶子逛荡，只能煞有介事地运球，投篮并不准。比赛很快变成了我和小哑巴之间的竞争。小哑巴确实是个高手，他速度比我上高中时还快，跳得比我高很多，频频在我上方出手。但我这种年纪的人，多半会变成所谓的老球痞子，跑不快跳不高，却能适当地拱一下对手，用有犯规嫌疑的动作阻止对方的进攻。还好小哑巴是个脾气很好的人，对于我的小动作也不生气，只会尽量用更快的速度摆脱我。而熟悉了球性以后，我的拿手好戏三分球发挥了作用，就像临近退役的乔丹一样，能够用远投命中率弥补身体的乏力。虽然时准时不准，但我还是接二连三地投中三分球，在零度角尤其准确。每投进一个，小青年们都会大叫：

"老乔丹发飙啦！"

大家叫我老乔丹，这让我既得意又悲情。乔丹退役以后，变成了一个穿西服、打高尔夫球的典型美国阔佬，和下一代年轻人的爱好格格不入。老乔丹又投中了三分球，老乔丹再过两年，就不用穿运动鞋啦。

而我躲在三分线外放冷箭的策略让小哑巴很不满意，他欧巴欧巴，示意我三对三老远投就不好玩了。这时候老乔丹感到年轻球员在蔑视他了，他们认为他不是飞人了。于是老乔丹趁小哑巴一不留神，突然切入内线，使尽全身力气，回忆起在高中篮球场上的英姿，奋然跳起。我自己都吃惊于能跳这么高，自打上大学以后就没跳得这么高过，手举起来，简直都能摸到篮圈了。小哑巴赶紧也跳起来防守我，不过他跳得比我慢，让我还有机会空中换手，收腹再展开，做了一个香港解说员所谓的"拉杆"动作，几乎把腰都闪了，最后还是在他的指尖上方将球投进了。

这种感觉真是爽歪歪，我又体验到了当年第一次摸到篮圈时的兴奋。我的耳边呼呼作响，全身过电，嘴巴张开大喊："哦哦哦！"

但是落地的时候，我却听到咔嚓一声，心想，坏了。一看脚下，果然坏了，我一脚踩在小哑巴的脚面上了，右脚向里折了进去。还没感到痛，我的腿已经软了，等到感到痛，我已经一屁股坐到地上了。

"快脱鞋快脱鞋！"螃蟹男经验丰富地扶着我说，"踩在别人脚上最容易崴了，你还没穿球鞋。"

我赶紧脱了鞋，不敢让自己的伤脚活动。螃蟹男继续兴奋地指挥："买俩冰棍买俩冰棍。"

小哑巴像赛跑一样往院儿门口的小卖部跑去。我挣扎着想站起来，小女孩儿过来扶着我的肩膀，把我的胳膊放在她的肩上。

"我沉吧？"我疼得哽着嗓子说。

小女孩儿低头扛着我："我连冰箱都扛得动。"

"你没事儿扛什么冰箱啊？"

"以前自己在外面住过。"

我踮着脚，跳跃着来到"团结紧张，严肃活泼"的标语下面。小女孩儿自己先坐下，然后把我扶到台阶上。我试着活动了一下脚踝，立刻疼得钻心，但看样子没有骨折，这才放下心来，跟小女孩儿继续聊天。

"干吗自己在外面住？"

"你不也在外面住吗？"

"我都上大学了。"

"我男朋友也是大学生。"

"这么迫不及待？"

"是时不我待。"小女孩浅笑了一下说，"他是加拿大人，在中国交流一年，然后就没机会来了。我想，以后我就算出国也不去加拿大，这段感情只有一年的期限，到时候就玩儿完——所以就住到一块儿了。"

"住到他回国，然后就分手？"

"已经分了，大家相处愉快，毫无怨言。他们家在那边也是底层社会，他也找不着什么差事干，肯定会变成一个开二手雪佛兰、吃超大号汉堡包、买特大桶可乐的白种胖子。那时候我肯定就不爱他了，还不如抓住现在尽情享受呢，到分的时候谁也别想不开，各走各的。"

"你当初爱上他哪儿了？"

"他有一身像艾米纳姆一样的刺青。"

"就这么简单？"

"也是一原因。"

我笑着点起烟，递给小女孩一支。越战电影里，受伤的美国大兵躺在泥塘里的第一件事就是抽烟。我接着跟她聊天。

"你的爱情观倒挺有意思。"

"反正是宿命难抗，顺其自然吧。"

"除了这个国际无产阶级，你还有别的男朋友吗？"

"宿命难抗的多了。所谓宿命难抗，就是看上了就好了，吵一次架、忽然没感觉或者暑假没一起旅游，都可以告吹。"

"有那么多男朋友，你就不怕怀孕吗？"

小女孩从屁股兜里摸出一个避孕套来，纯真地笑了："我随身带着。而且我会对他们讲科学：要么戴套，要么结扎，选吧。"

我被逗得乱笑起来。这么多年，我都没有和这种一派天真、纯洁烂漫的女孩儿交往过。我畅快地抽着烟，感到自己变成了一个看日本漫画、听 hip-hop 音乐长大的美好少年——出生在 1985 年以后，对二十年以来的变化毫无沧桑之感。

小女孩忽然低下头，抽了一口烟，然后慢慢地喷到我的伤脚上。我感到脚上一阵清凉，好像秋天的风裹着荒草味儿在脚边吹拂。我看着她细致的发梢和耳垂，它们在球场灯光下几近于半透明。

我问她："你的男朋友也帮你扎过辫子吗？"

小女孩儿指指自己的红头发："只扎过这种颜色的，你上大学以后，我就染成这种颜色的了。"

这时候小哑巴捧着一大堆冰棍跑过来，螃蟹男停止了扔篮球，拿出两根对我说："敷在脚上，这样可以防止毛细血管破裂，否则就要肿了。"

我看看自己的伤脚："已经肿了。"

大家低头，啧啧赞叹我馒头一样的脚踝。螃蟹男说："还是敷着吧，对消肿有好处。"

然后大家拆开红豆口味的冰棍吃起来。我一边吃冰棍，一边看着球场上空的探照灯。小哑巴又跑到草坪里去捉虫子了，螃蟹男首先吃完，然后站起来说："我要练习走路了。"

他说着，慢慢地向前迈腿，试图直着走路。一边走，一边对我解释要领："学会用余光就行了。我现在每天走二十步，明年就能变成正常人了。"

但我用余光看到球场上多了几个人，他们围住那两个仍然在扔篮球的黄头发孩子说了几句话。我还以为他们认识呢，没想到那几个人向我们走过来。

为首的一个十七八岁的戴耳环的孩子对小女孩儿说："你过来一下。"

小女孩儿头也不抬地说："干吗？"

戴耳环的孩子说："没事儿，就是过来聊聊。"

小女孩儿耸耸肩，叼着烟，低着头往院儿门口走去。那几个孩子都穿着紧身背心，夏天还蹬着靴子，不停地玩儿着 zippo 打火机。螃蟹男看到他们好像很紧张，偷偷对我说："他们是太平路中学的。"

在我上中学的时候，太平路中学就是一所有名的流氓学校，那儿的学生都是附近工厂的孩子，经常跟我们这些大院儿子弟打架。我抬头对小女孩儿说："别去了，咱们还没聊完呢。"

戴耳环的孩子回头狠狠盯了我一眼，我眯着眼睛对他吹了口气，他又露出委屈的神色。小女孩儿轻快地跑回我身边说："没事儿，这孩子非想认识我，跟了我半个月了。"她说完又抽着烟向门口走去。

我看着他们越走越远，在门外的灯光下站住，高高低低地说话，好像在讨论严肃的问题。戴耳环的孩子不停地做着手势，借以增强表达效果，而小女孩儿歪着头抽着烟，即使离得这么远，我也知道她没有表情。

一会儿，小女孩儿忽然低着头往回走，那孩子猛地拽住她的胳膊，把她迅速拉了回去。小女孩儿好像没事儿一样又往回走，再次被拉回去。但拉回去以后，那孩子什么话也不说，只是紧紧盯住小女孩儿的脸。

这时螃蟹男说："我操。"他横着飞快地走过去，扎到院儿门口的人堆里，还没说话，就被其中一个孩子使了绊儿，摔倒在地。

小哑巴立刻嗷嗷叫着冲上去，嘴角还挂着两只昆虫翅膀。他身高体壮，很快按倒了对方两个人，但随即又被更多人按倒，戴耳环的孩子指挥众人，把他紧紧压在身下。小哑巴刚开始还在乱踢乱踹，无奈对方好几双手一起打他，渐渐就变得只能招架，没有还手之力了。

而在打斗的过程中，小女孩儿一直抽着烟，冷漠地看着，好像被按住的不是自己的弟弟一样。

我扭过头去找篮球场上另外两个黄头发孩子，但却发现五年以前的一幕再现了：那两个孩子早已跑得无影无踪了。

无奈之下，我只能站起来，一瘸一拐地向院儿门口走去，就像那时候我硬着头皮走向鲁炮儿的家门一样。

脚上刚刚被冰棍敷过，疼得更清楚了，但我不想让他们看到我像打桩机一样跳着过去，便忍着疼，尽量走得平稳一点，瘸得有尊严一点。

那些孩子甚至没有看到我走过来，他们只顾着踢打地上的螃蟹男和小哑巴，戴耳环的孩子尤其投入，简直是怕一旦停止打斗就要面对失恋的悲伤。

我悄无声息地瘸到他们身后，对他们说："哎，停一会儿。"

他们听到了我的声音，但不知为什么无动于衷，于是我只好弯下腰，揪住最长的头发，奋力向上提。被我揪的孩子却还没察觉，直到哧啦一声，头发扯掉了一大把，他才嗷嗷乱叫地扭过头来。

"我说停手。"我说。

那些孩子立刻站起来，在我面前拉开架势。戴耳环的孩子龇牙咧嘴地说："你丫找死呢！"

我飞快地抽了他一个嘴巴："我找死，你给得了么？"

他立刻想冲上来，我又抽了他一个嘴巴，把他打蒙了。我伤了一只脚，假如跟他交上手，毫无疑问会被立刻掀翻在地，但这时候想跑也跑不了了。好在其他几个孩子偷偷拉住了他的胳膊，冲他努努嘴，示意他，我是一个年纪比他们大得多的人。

戴耳环的孩子斜着脸跟我照眼："这儿有你什么事儿啊？"

我说："我没事儿找事儿。"

戴耳环的孩子说："你想干吗呀？"

"不想干吗。"我说着指指自己，"你知道我是谁吗？"

戴耳环的孩子挤出一个笑容说："我他妈知道你是谁？"

我又做出抽他嘴巴的姿势，他反射性地捂着脸退后闪开。我再次问他："知道我是谁？"

戴耳环的孩子明显软了："你是谁呀？掺和我们的事儿干吗？"

我说："算啦，你们知道我是谁也没用，赶紧滚吧。"

然后我就不看他们了，转身对螃蟹男和小哑巴说："没事儿吧？"

螃蟹男光荣地跳起来，抹着嘴角的血说："大哥，捶他们丫的。"

我说："捶他们干吗呀，可别惹事儿。"

戴耳环的孩子尴尬地站在旁边，忽然大声对我说："你知道我大哥是谁吗？"

我说："那你说，你大哥是谁？"

戴耳环的孩子响亮地说："我大哥是开茶馆的张磊。"

嘿嘿，我一听就笑了。张磊这个家伙真是太空虚啦，他一边信誓旦旦地要当个民营企业家，一边却还忘不了给傻孩子当大哥，当年没当成流氓一定是他最大的遗憾，所以这时候还想过把瘾。我说："就是有一辆破别克的那个张磊？"

戴耳环的孩子中气登时虚了："我大哥一个电话，就能叫来一车人。"

"他那车也就能带来三四个人，"我说，"那你现在就给你大哥打个电话吧。"

戴耳环的孩子彻底害怕了，躲着我的眼神。我催促他："快打呀，快打呀。"

戴耳环的孩子犹犹豫豫地拿出手机，拨通了一个号码，我伸出手去，他立刻把电话交给了我。电话里传出张磊的声音："又他妈在哪儿犯事儿了？"

我说："张磊，你都当大哥啦。"

张磊愣了一下，才反应过来是我："我操，我操，你回来也不告诉我一声。"

我说："你什么时候当大哥的？"

张磊说："你别开玩笑啦，咱们都这么大岁数了。"

我说："你也知道你都二十多了，你说你多扯蛋吧！"

张磊说："这不是你们都不在么，让我没事儿的时候玩儿什么啊！"

我说："得了得了。现在买卖怎么样？"

张磊说："还凑合，就是还不专业。你认识懂工夫茶的人么？电视台那个茶道节目的顾问什么的，约他吃顿饭。"

我说："先别说这个啦，你的兄弟要捶我呢。"

张磊说："你就别笑话我啦，我跟他说吧。"

戴耳环的孩子接过电话，张磊立刻在电话里吼起来："你瞎了眼啦？自己剁俩手指头再回来见我。"

戴耳环的孩子立刻傻了眼，在这些兄弟中间，张磊一定把自己塑造成了一个强奸拐卖走私贩毒无所不为的老流氓，弄不好还会雇一个老年民工冒充亲爹打给他们看呢——他所用的一定是大皮鞋。我含笑看着戴耳环的孩子，他的脑门上都流汗了，结结巴巴地说：　"大哥，大哥。"

而我说的话连自己都觉得可笑，我发现我不一定有资格讽刺张磊无聊："算啦算啦，你们都是小辈，不懂事儿也不奇怪嘛——反正我早就收山啦，你们也不用剁手指头了，留着摸鸡巴玩儿吧。"

说着我一瘸一拐地往操场走去，螃蟹男和小哑巴赶紧跟过来。小女孩儿抿着嘴和我交换了个眼神，我朝她撇撇嘴。她又用肩膀顶着我，帮我走稳一点儿。她的红头发在我脸旁飘动，刮得我微笑不止。

"这孩子是有点儿傻。"我对她说。

"不过也挺好玩儿的，谁知道又是不是一个宿命难抗呢。"她朝我瞥过来一个青春洋溢的笑意。

而那些被我们抛在身后的孩子一直大气都不敢出，我都走出挺远了，才听见一个孩子说："这不会就是传说中的那个鲁炮儿吧？"

小女孩儿他们轮流搀着我，陪我到家门口拿了包，又把我扶到院门口。我伸手拦了一辆出租车，小心翼翼地坐了进去。小女孩儿、螃蟹男和小哑巴在外面对我挥手。

"什么时候还回来？"小女孩儿抽着烟问我，眼睛弯成月牙状。

"你出国以前。"我说。

螃蟹男侧着身，左右眼轮流看着我说："谢谢大哥！"

我说："你客气啦。"

小女孩清纯亮丽，好像从来没有过冷漠的表情一般笑着，她从打开的车窗里把嘴里的烟递给我，我接过，放在嘴里抽了一口。

她说："再见。"

我也说："再见。"

车子飞快地开动了，我抽着小女孩儿给的烟，看着烟雾缭绕盘旋，仿佛时光在手指上方徘徊。我感到自己时隔五年，终于超越了一个流氓的境界，这个感觉将让我在充满幽默感的世界中无所畏惧。